Os
sete da
independência

Gustavo Penna

Os sete da independência

Ilustrações de
Augusto Zambonato

© Editora do Brasil S.A., 2021
Todos os direitos reservados

Texto © Gustavo Penna
Ilustrações © Augusto Zambonato
O texto original deste livro foi vencedor do prêmio literário 200 Anos da Independência, promovido pelo Ministério da Cultura em 2019.

Direção-geral: Vicente Tortamano Avanso

Direção editorial: Felipe Ramos Poletti
Gerência editorial: Gilsandro Vieira Sales
Edição: Paulo Fuzinelli
Assistência editorial: Aline Sá Martins
Apoio editorial: Maria Carolina Rodrigues
Supervisão de artes: Andrea Melo
Design gráfico: Luyse Costa/Obá Editorial
Edição de arte: Daniela Capezzuti
Editoração eletrônica: Ariane Azevedo/Obá Editorial
Supervisão de revisão: Dora Helena Feres
Revisão: Flávia Gonçalves e Sylmara Beletti
Supervisão de iconografia: Léo Burgos
Pesquisa iconográfica: Daniel Andrade
Supervisão de controle de processos editoriais: Roseli Said

Dados Internacionais de Catalogação na Publicação (CIP)
(Câmara Brasileira do Livro, SP, Brasil)

Penna, Gustavo
 Os sete da independência / Gustavo Penna ; ilustrações de Augusto Zambonato. -- 1. ed. -- São Paulo : Editora do Brasil, 2021. -- (Histórias da história)

 ISBN 978-65-5817-712-8

 1. Brasil - História - Literatura infantojuvenil 2. Brasil - História - Independência, 1822 - Literatura infantojuvenil I. Zambonato, Augusto. II. Título III. Série.

21-72373   CDD-028.5

Índices para catálogo sistemático:
 1. Independência : Brasil : História : Literatura infantojuvenil 028.5
 2. Independência : Brasil : História : Literatura juvenil 028.5

Maria Alice Ferreira - Bibliotecária - CRB-8/7964

1ª edição / 1ª impressão, 2021
Impresso na A.R. Fernandez

Rua Conselheiro Nébias, 887
São Paulo, SP – CEP: 01203-001
Fone: +55 11 3226-0211
www.editoradobrasil.com.br

Prometi a mim mesmo que não faria uma dedicatória clichê.

Falhei.

Dedico este livro à minha família.

INTRODUÇÃO

Eu tinha 10 anos de idade.

Estava na excursão da escola, visitando o Museu do Ipiranga pela primeira vez!

Desde o começo fiquei encantado no meio daquelas colunas gigantescas. E também com as mechas de cabelo da princesa Isabel e com a escadaria principal, toda decorada com esferas de vidro. Dentro de cada uma, as águas dos rios brasileiros!

Mas, sério, nada me preparou para o que estava guardado dentro do Salão Nobre.

Uma pintura com quase *8 metros*! Só a moldura já era maior que minha mão!

Coitada da *Mona Lisa*, com 77 centímetros.

Coitado de mim, mirradinho. Quase sumi na frente daquilo!

Foi mágico.

A obra se chama *Independência ou morte*.

Lembro de ficar lá, de pé, cabeça para trás, olhando cada detalhe e tentando imaginar quais seriam as histórias escondidas daquelas pessoas.

Só muitos anos depois descobri que Pedro Américo, o pintor, passou meses revirando documentos, procurando testemunhas, cruzando informações. Depois, trancou-se no ateliê e começou a trabalhar.

Foram dois anos inteiros.

Ao contrário do que muitos imaginam, os homens desenhados ali, ao lado de Dom Pedro, não são apenas figurantes! São pessoas reais! Gente que participou, de alguma forma, da Independência do Brasil.

Américo pesquisou a vida de cada um deles antes de decidir colocá-los ali, *bem no centro da história*.

Claro que é impossível ter certeza de cada detalhe. Nem todas as conversas foram anotadas tim-tim por tim-tim. Mas, de forma geral, sabemos como a história se desenrolou.

Por isso eu escrevi este livro para você.

Escrevi este livro para revelar, finalmente, quem são aqueles homens.

Gustavo Penna

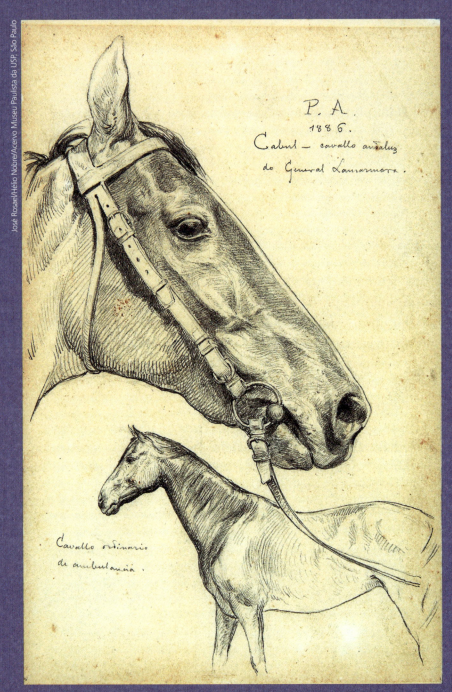

Esboços originais de Pedro Américo.

Pedro Américo (1843–1905). *Independência ou morte*, 1888. Óleo sobre tela, 4,15 m x 7,60 m.

I e II

Museu Paulista da USP, São Paulo

Major Antônio Ramos Cordeiro

Paulo Emílio Bregaro

O ULTIMATO – 1822

O soldado Roberto Gonçalves terminou, finalmente, de subir o Morro que Antecede a Vista. E o *Morro que Antecede a Vista* era escrito assim mesmo, com letras maiúsculas. Tanta gente usava esse apelido para chamar o lugar, que, com o tempo, virou nome próprio.

O local era, basicamente, um amontoado de pedras.

Juntas, formavam uma grande mureta antes da praia. Uma espécie de prova de resistência colocada por Deus! Como se o velho (vamos assumir que seja velho) tivesse pensado: "Deu muito trabalho criar esse mar todo! Não vou entregar assim, de bandeja! Quem quiser ver como ficou, antes vai ter de suar as banhas subindo essa pedraria aqui!".

Mas aqui se faz, aqui se recebe. Cada centímetro daquela escalada era recompensado! As areias da praia eram tão finas que o vento fazia com que formassem um chão de névoa. O oceano era absolutamente pacífico – ainda que Atlântico. E cada tom de verde pregava, unicamente, a paz.

O soldado recebeu, por assim dizer, um abraço nos olhos.

Uma pena que, machucando o horizonte, chegavam três embarcações. Pelo formato dos navios, eram de guerra.

Dentro deles, 600 militares portugueses encaravam o rapaz. A mesmíssima estampa de cansaço grudada nas 600 caras. Aquele aborrecimento da viagem longa, de quem não aguenta mais esperar. Aquele tédio profundo que, quando sentimos, matar ou morrer dá no mesmo. Contanto que se mate. Ou que se morra.

Gonçalves começou a fazer as contas. Ele estava: 1. visível; 2. de uniforme; 3. sozinho.

Por quanto tempo continuaria vivo?

***

Aqueles navios eram só os primeiros.

O governo imperial português decidiu retomar o Brasil. Não que já não fosse dele, claro! Mas o domínio tem de ser algo maior do que um pedaço de papel assinado, sabe? O domínio não é só um acordo, é uma rotina.

O domínio, mais que anunciado, precisa ser exercido.

Nas ruas já falavam sobre a chegada de 14 batalhões. Os ferreiros em Lisboa precisaram fazer turno extra para entregar espadas para todo esse povo. Ferreiros são as únicas pessoas que se animam com a perspectiva de guerra. Minto! Ferreiros e agentes funerários.

Nenhuma das armas, no entanto, era mais afiada do que a carta trazida pelo correio-mor.

Ela foi entregue na Quinta da Boa Vista, com o legítimo selo monárquico e uma mensagem bem clara: "O príncipe regente deve voltar para a Europa imediatamente".

Depois de muita negociação com Portugal, aquele era o *ultimato*. A facada final para transformar o Brasil em um país sem líder, uma cobra sem cabeça. Um resto de bicho que se debate, unicamente, por espasmos musculares.

A REVOLUÇÃO DO VELHO

José Bonifácio de Andrada e Silva, principal conselheiro do príncipe, leu a exigência e sorriu.

Era do tipo de velho que sorria.

– Então, querem que Dom Pedro vá embora?

O entregador, funcionário do palácio, nada sabia do assunto. Só trouxe a carta conforme tinham mandado. Daí, perdido, não sabia como devia reagir. Com raiva? Ou acompanhando o sorriso do velho?

Optou, enfim, por fazer as duas coisas ao mesmo tempo. Foi muito estranho.

– E o que mais, e o que mais, e o que mais? – Bonifácio repetiu para si mesmo, virando a página do documento, aproximando a vela do papel para iluminar as últimas linhas.

Demorou os olhos quando encontrou o seguinte trecho:

"Quando o exército português chegar à cidade do Rio de Janeiro, tem ordens expressas para executar a prisão de José Bonifácio de Andrada e Silva.".

Dessa vez, ele não sorriu.

***

No dia seguinte, caso você tivesse tido a oportunidade de passear pelos corredores do palácio – assim, despropositadamente –, teria escutado esta conversa aqui:

– Trouxe uma papelada para o conselheiro José Bonifácio.

– O conselheiro não está disponível.

– Mas onde é que está o homem numa hora dessas?!

– Saiu corrido. Disse que precisava tomar café da manhã.

Pois é. Eu sei.

Nós gostamos de imaginar que os encontros secretos acontecem sempre à noite. Nos botequins escondidos, naquelas mesinhas de canto! Mas conversas às escuras, aprenda isso, chamam muito a atenção. O melhor jeito de ocultar alguma coisa é, quase sempre, colocando-a à vista de todo mundo.

Por exemplo?

Num café da manhã.

***

– Bem amanteigado, por favor.

– Sim, senhor.

O garçom se afastou, indo buscar o pão.

Bonifácio ficou a sós com Luís Alves de Lima e Silva, que um dia seria conhecido como Duque de Ferro. O rapaz, muito em breve, iria compor a liderança do Batalhão do Imperador, unidade de elite das Forças Armadas. Mas, naquele momento, ainda era um jovem tenente.

Um jovem tenente com a família inteira incrustada nos mais altos escalões do exército brasileiro.

– Quem enviou você? Seu tio?

– Sim. As informações estão comigo.

– Então me diga, Luís, se precisarmos de uma guerra para amanhã, nós conseguiremos uma?

– Situação esquisita essa. Não é? De um lado está o exército da Coroa portuguesa. Do outro lado? O exército brasileiro. Liderado... pela Coroa portuguesa! Quer dizer, são eles contra eles.

– Mas... e nós? Se precisarmos de uma guerra para amanhã?

– Isso depende a pedido de quem.

– De quem manda. Leopoldina convocou uma sessão extraordinária e já articulou a independência. Só falta o príncipe concordar.

O rapaz, ao ouvir, levantou a sobrancelha até o topo da testa. Depois foi descendo-a aos poucos, como quem se acostuma com a notícia.

– Então, Bonifácio, você precisa saber. Nós estamos firmes com os segundos.

Estar "firme com os segundos" significava ter acordos secretos com todos os militares em segundo lugar na hierarquia.

Os segundos generais, os segundos comandantes, os segundos brigadeiros, os segundos coronéis... Um exército de vices, subs e suplentes invejosos. Prontos para levantar as facas durante a noite, matar seus líderes e assumir o comando.

– Estão só esperando a ordem final.

Com "final" ele quis dizer "de Dom Pedro".

Mas como convencer o príncipe a levantar uma guerra contra o próprio pai?

Como convencer o príncipe a levantar uma guerra contra o próprio pai... *com o rapaz há centenas de léguas de distância?!*

QUEM? EU?

— Quem? *Ele?* — perguntou Bonifácio.

Leopoldina, enquanto Pedro estivesse fora, era a regente. Pela lei, nenhuma palavra dela deveria ser contestada. Mas Bonifácio era o tipo de homem que fazia leis, não que as seguia.

— Por que a senhora escolheu *ele*?

Pela janela, observavam o major Antônio Cordeiro parado no jardim.

Era um homem tão limpo, tão brilhoso e tão empetecado que podia ser confundido com a decoração. Conseguia ser mais rígido e mais metálico do que as estátuas que um dia construiriam para ele.

— O major Cordeiro é um militar experiente. Conhece as armas e inspira respeito. Você vê o número de broches que ele leva no peito?

"Vejo tantos broches que mal vejo o indivíduo", pensou Bonifácio. Mas só pensou, não disse.

— Sinceramente — arrematou Leopoldina —, não consigo imaginar ninguém melhor para essa missão!

Bonifácio sorriu (como dissemos, era do tipo de velho que sorria).

— A senhora não se incomodaria se eu enviasse um... apoio, certo? Alguém de minha própria confiança.

— E quem seria?

Nesse momento, Paulo Emílio Bregaro, da secretaria, abriu a porta.

– Desculpe incomodar! Senhor Bonifácio, procurei a manhã inteira pelo senhor! Tenho uma papelada para ser assinada! Preciso levar tudo antes...

José levantou os dedos, fazendo o menino calar a boca.

– Senhora Leopoldina, este é Paulo, o meu homem de confiança. – A arquiduquesa sabia quem era, o garoto era conhecido de Dom Pedro. Mas, para ela, era mais-um da secretaria, como tantos outros.

Bonifácio e D. Leopoldina trocaram olhares e, por fim, a arquiduquesa assentiu. Fazer o quê?

***

– Meus amigos, eu não vou mentir. Este, talvez, seja o pedido mais importante que já fiz na vida.

Cordeiro (o major) e Paulo (o mais-um) deram o devido valor. Afinal, Bonifácio teve uma vida bem longa.

– Esta bolsa leva uma carta minha, uma carta da senhora Leopoldina e duas cartas de Lisboa. Todas elas precisam chegar ao príncipe Pedro, em São Paulo, antes de as tropas portuguesas entrarem no Rio de Janeiro. Arrebentem, estafem quantos cavalos forem necessários! Mas entreguem isso com toda a urgência.

– Da minha parte, ministro Bonifácio, pode contar com a dedicação de sempre! – disse Cordeiro esticando as pontas do bigode, como se o seu nível de competência estivesse, de alguma forma, ligado ao volume de pelos em cima da boca.

Bonifácio baixou a cabeça. Decepcionado.

– Acho que eu não fui claro.

Ergueu os ombros e o queixo. Expôs, sem vergonha nenhuma, uma cara recheada de rugas e medo.

– A dedicação de sempre *é pouco*!

A senhora Leopoldina emendou...

– Ou estas cartas chegam até Pedro ou seremos eternamente escravos de Portugal. A independência do Brasil está, literalmente, nas mãos de vocês dois.

Houve um longo silêncio. Daquele tipo que passa sem ninguém perceber, sabe? Quando todos estão ocupados com as próprias angústias.

– Senhor Bonifácio e senhora Leopoldina! – Paulo levantou com tanto ímpeto, com tanta certeza, que, por alguns segundos, nem pareceu só o mais-um da secretaria. – Eu não sou a pessoa certa para isso!

Daí pareceu de novo.

– Espero que entendam! Eu trabalho com burocracia, com carimbo, autorização, assinatura, recolhimento, segunda via, certidão. Para essa coisa de ser herói, o major aqui do lado, certamente, dará conta do trabalho. Eu não posso! Eu sou só...

– Paulo.

Leopoldina falou seu nome com uma delicadeza que, naqueles tempos, era muito rara.

E, pensando melhor, hoje ainda é.

Bonifácio completou:

– Nenhum de nós existe sozinho, Paulo. Há alguns anos eu vejo você levar esses papéis para todo lado. *Nunca falhou! Nem uma única vez!* É disso que precisamos. Do seu comprometimento doentio. No fundo, meu amigo, este é o trabalho. É levar uma papelada! Mas uma papelada que vale a independência do Brasil.

Paulo respirou seco e engoliu o resto de saliva que tinha na boca:

– Senhores... vamos em frente. Temos uma carta para entregar.

AFINAL, PELO QUE VOCÊ LUTA?

A placa de madeira dizia: Fazenda de Olaria.

Era feita com tanto cuidado – mas tanto! – que dava a impressão de que havia sido talhada pela natureza. Como se uma árvore tivesse resolvido brotar um galho já com as palavras escritas nele.

E o gramado? Não era só aparado. Era desenhado! O mais impressionante era como o major Cordeiro ficava adequado naquele cenário. Dois dias seguidos de cavalgadura e o homem estava intacto! Nem a poeira da estrada parecia ousar recair sobre os seus ombros.

– Quem são os senhores?

– Somos da guarda do príncipe. Desejamos nos alimentar.

– O próprio príncipe passou por aqui! Sua guarda sempre será bem recebida nesta morada! Qual sua graça?

– Sou o major Cordeiro.

– Venha almoçar conosco na sala principal! E fique sossegado, pois vou pedir que uma das criadas traga um pedaço de qualquer coisa para seu funcionário comer aqui fora.

Com "seu funcionário", o dono da fazenda se referia a Paulo. O pobre não teve nem energia para desfazer a confusão! Já o major não teve vontade. Acabou que trouxeram um teco de frango e ficou por isso mesmo.

Paulo, sentado no solário, esperou os *homens importantes* almoçarem. Nem ligou! Sozinho, tinha mais tempo de olhar a floresta, admirado e feliz.

"Que lugar lindo este país em que a gente mora! Não que seja perfeito, claro que não. Mas, quem sabe, não pode pelo menos ser... nosso?"

Não sabia o infeliz que, bem aquelas árvores que admirava, 196 anos depois, estariam todas mortas. No fundo da Represa de Lajes, no Rio de Janeiro.

**

– Vai! Vai! Vai!

– Dê com as pernas na barriga dele, Paulo.

– Não adianta.

– Com os calcanhares, que dói mais!

– Não adianta, major. O cavalo não aguenta mais. Ele está com frio de febre!

– Cavalo inútil!

– *Eu também* estou com frio de febre, major! Faz três dias que nós não paramos.

– Cavalo inútil!

E ficou confuso sem saber se o major Cordeiro se referia ao bicho ou a ele.

– Essas cartas precisam chegar a Pedro antes...

– ELAS VÃO CHEGAR! *Se nós estivermos vivos para isso!* Três horas de sono, major. Todo animal precisa de três horas de sono. Inclusive eu!

O militar arrebitou os bigodes e fez uma careta feia. Mas, por dentro, comemorou.

Encontraram, mais à frente, um celeiro. Lá dentro, um grupo de pobres trabalhadores.

– Senhores, podem informar onde estamos?

– Na chácara de São Miguel das Areias.

– Somos da guarda do príncipe, precisamos descansar e...

O líder dos maltrapilhos era de meia-idade e meio calvo.

– Que curioso! O senhor conseguiu dizer, numa só frase, duas coisas inúteis! A primeira: que precisam de descanso. Isso se percebe de cara. A segunda: que são da guarda do príncipe! Temos espaço no barraco e podem repousar aqui, independentemente da vossa profissão.

***

Paulo acordou com a sola do major no seu estômago.

– Amanheceu. Bom dia.

Levantaram, lavaram as remelas no riacho e subiram nos cavalos.

– Obrigado pela estadia, amigos!

– Boa viagem! E boa sorte na sua busca!

– Buscamos o próprio príncipe.

– O príncipe? Pois o mesmíssimo passou por aqui!

– Ele também dormiu no barraco?!

– Não, ficou hospedado na casa central. Lá tem muitos cômodos vazios, pois só vivem o senhor e a senhora.

Paulo olhou toda aquela gente. Mucamas, capatazes, escravos, serviçais. Um punhado de crianças negras.

Todos no chão.

E, na casa central, um bando de quartos vazios.

Pois ali "só vivem" o senhor e a senhora.

***

– Major, já faz 15 dias! Você não se cansa nunca?

– O quê?

– *Você não cansa? Não desaba nunca?*

– O QUÊ?

Quando um cavalo corre muito rápido, o barulho do vento deixa surdo quem está cavalgando.

O major puxou as rédeas e parou.

Mas não foi para ouvir Paulo.

– É ela.

Comentada por todos os viajantes. Nenhuma capela, nenhuma imagem, nenhum padre e, talvez, nem o próprio senhor Jesus Cristo, ali reencarnado, teria provocado o mesmo arrepio.

– *A igreja abandonada de Aparecida.*

Sem dizer nada, o major desceu da montaria. Andou devagarzinho até o portal e entrou, sozinho, na escuridão da santa casa.

Paulo seguiu, meio abobado. Achou o militar nos bancos empoeirados, como se assistisse a uma missa imaginária. Sentou-se ao seu lado.

Ficaram minutos assim.

O "mais-um" só abriu a boca quando o silêncio já estava em um volume insuportável.

— Como é que você nunca desaba, major?

Os olhos do velho Cordeiro passeavam pelos santos de pedra com uma estranha mistura de esperança com falta de fé.

— Essa viagem é tão importante assim para você? A *independência* é tão importante assim para você?

Cordeiro ainda quieto, hipnotizado.

— *Por quê?!* Por que é tão importante?! O senhor quer deixar um lugar melhor para seu filho?

— Paulo... Eu perdi meu filho.

A cabeça do militar balançou um pouquinho e, na sequência, caiu. O queixo, pesado, em cima do peito.

— Desculpe, eu não...

— Febre amarela. Nos últimos dias, ele não parava de delirar. Eu tive uma semana inteira para me despedir. Eu tentei várias vezes! Eu juro! Mas ele não entendeu nenhuma!

— Eu sinto muito.

— Também implorei para o Senhor salvar o meu garoto. Mas o Senhor deve ter as febres dele e também não me entendeu.

— Eu não tinha ideia...

— Desde então, toda vez que eu vejo uma igreja... eu entro!

Após um tempo, concluiu.

— *Eu entro para perguntar por quê.*

– ...

– Você quer saber por que eu não canso, Paulo? É porque eu não luto por mais nada. Eu... só luto! Isso virou a minha vida. Contra o dia, contra Deus, contra mim. – Ali, pela primeira vez, o major desabou.

– E você? Luta pelo quê?

Paulo, que nunca havia pensado a respeito, respondeu de improviso, com o coração.

– Luto porque ainda existe pelo que lutar, eu acho. Cada papel que eu entrego, major, no fundo é uma intenção de alguém. É o sonho de alguém! Na minha mão!

Cordeiro sorriu.

O que ficou esquisito, dados os olhos inchados.

– Então, acho que o velho Bonifácio tinha razão.

– No quê?

– Nenhum de nós existe sozinho.

Sorriram um para o outro, como se fossem iguais.

A DECISÃO DE DOM PEDRO

– *Vai, vai! Corre!* – gritava Paulo como quem foge da morte!

– *Vai, vai! VOA!* – gritava Cordeiro como quem redescobre a vida!

Os cavalos levantavam tanta poeira que, se alguém tentasse segui-los, ficava perdido na névoa. Eles *flutuavam*! Os vilarejos, nas beiradas, pareciam um bando de borrões.

Paulo e o major estavam magros de fome. Trezentas léguas depois, as roupas sacolejavam nos corpos esqueléticos. Mesmo assim, eles riam! Riam como se estivessem brincando! Riam como se estivessem brincando de ir declarar a independência do Brasil!

Subiram a colina do Ipiranga e, ao longe, enxergaram uma formação de soldados.

– A comitiva do príncipe!

– Nós conseguimos, major!

– Nós conseguimos, Paulo!

***

Dom Pedro estava conversando com outros cinco homens. Foi interrompido bem no meio de um sorriso.

– Senhor?

– Soldado?

– Estes dois viajantes o procuram.

O príncipe regente olhou para a improvável dupla.

Simplesmente não soube o que pensar.

– Bem-vindos?

– Obrigado, senhor – disseram.

– Bom... O que têm a dizer?

– Nenhuma palavra nossa, senhor.

– Não nossa, senhor.

E entregaram as cartas.

***

Primeiro, leu sobre a ordem de voltar para Portugal.

Depois, leu o decreto de prisão de seu amigo e conselheiro.

Finalmente, leu as palavras do próprio Bonifácio:

Pedro,

o momento não comporta mais delongas ou condescendências.

A revolução já está preparada.

Portugal, atualmente, não tem recursos para subjugar um levante, que é preparado ocultamente, para não dizer quase visivelmente.

Se ficar, Vossa Alteza tem, contra si,

o povo de Portugal e a vingança das Cortes.

O que posso dizer sobre isso?

Possivelmente, será deserdado.

Dizem que isso já está até combinado.

Mas eu, como ministro, aconselho

a Vossa Alteza que fique.

E que faça do Brasil um reino feliz.

Dom Pedro, tremendo de raiva, amassou os papéis, jogou as cartas no mato, pisou nelas e arrastou o pé, como se limpasse as solas no peito dos deputados das Cortes Portuguesas.

O padre que acompanhava a comitiva se abaixou e pegou os envelopes sujos. Veja que, às vezes, o registro da história depende disso. De um padre que se abaixa.

– E agora, padre Belchior? E agora, eu faço o quê?! Entro em guerra contra *meu próprio pai*?!

Os homens que estavam ao seu lado entenderam imediatamente.

Pedro caminhou sozinho, quieto. Foi até a beira da colina e viu, abaixo, a pequena corrente de água do Ipiranga batendo nas pedras.

Ficou ali, estacado, respirando. Decidindo.

Os olhos vagos e perdidos, em um rápido momento, cruzaram com os de Paulo. O rapaz ainda não sabia se dizia "de nada" ou "desculpa" por ter trazido as más notícias.

Aquele "mais-um" nem imaginava que, centenas de anos depois, por causa daquela viagem, seria condecorado como o primeiro carteiro do Brasil!

Naquele segundo, a única coisa que pensava era:

"Decida o que decidir, Pedro, nós estaremos aqui. Nenhum de nós existe sozinho.".

III

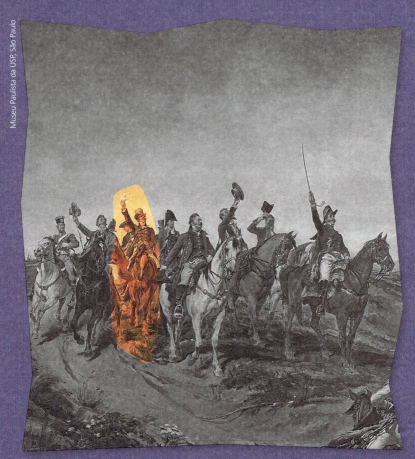

Francisco Gomes da Silva, o Chalaça

PREPARAR. APONTAR. FOGO! – 1808

– *ARMES!*

O agrupamento de soldados franceses ergueu os mosquetes de cano liso, todos meticulosamente carregados pela culatra. Os buracos, nas pontas da frente, virados na direção de 20 infelizes de pé.

Entre eles, Chalaça.

– *EN JOUE!*

Esta sempre foi a ordem mais confusa. Como assim "apontar"? Oras! Obviamente, quando se ergue a arma, já se aponta. Uma coisa praticamente não existe sem a outra. Ou alguém acha que um soldado vai virar o mosquete para o céu em plena execução coletiva?

Talvez – segue aqui uma teoria – o "apontar" nunca tenha sido uma referência ao revólver em si, mas sim ao ódio! Como se dissesse: aponte a raiva, direcione a fúria, beba da própria cegueira. Porque em breve você vai ter de matar alguém.

– *ET...*

"E?!", pensou Chalaça, absolutamente revoltado. Que tipo de capitão fala um "E..." pausado numa situação dessas? Aquele "E..." esticado! Com um prazer macabro de segurar a sentença de morte por mais um segundinho!

Mas foi nesse segundinho que Chalaça lembrou de algo importante. *Ele falava francês!*

– *L'empereur Napoléon aurait honte de vous.*

Ele disse aos soldados franceses que seu imperador se envergonharia deles! E, com a cara, expressou um desgosto tão parecido com o verdadeiro que até Napoleão, se estivesse lá, ficaria compadecido. Chalaça demonstrou, por assim dizer, um nojo. Um nojo exato.

Apesar de pobre, era estudado. Queriam que tivesse sido padre, mas fugiu do seminário. No caminho para Lisboa, Chalaça deu o azar de encontrar soldados franceses e ser confundido com um espião!

— *Pourquoi l'empereur Napoléon aurait-il honte de nous?!*

— *Parce qu'on ne peut pas condamner un homme à mort sans lui dire la raison de sa peine! Sauf, bien sûr, dans une situation de combat, où mourir est la règle et rester en vie est l'exception.*

— *Mais nous leur avons lu la sentence!*

— *Mais vous l'avez lue EN FRANÇAIS! Et ces hommes ne parlent pas français!*

O que, traduzido em bom português, seria:

— Por que o imperador Napoleão se envergonharia da nossa tropa?

— Porque não se pode condenar um homem sem dizer a ele a razão de sua sentença! Exceto, claro, em situação de batalha, em que morrer é regra e ficar vivo é exceção.

— Mas nós lemos a sentença!

— Mas vocês leram EM FRANCÊS! Esses homens não falam francês!

Chalaça, então, ficou quieto e balançando a cabeça baixa, profundamente desapontado. Lá dentro, por baixo da malícia e do medo, alguma coisa nele ria.

O capitão francês, então, decidiu: iria reler a sentença e Chalaça, contratado de última hora, faria a tradução simultânea. No final da leitura, morreriam plateia e intérprete. Um tiro na cabeça de cada um.

Não sabia, porém, que Chalaça planejava converter o idioma de maneira, digamos, *muito pessoal*.

★★★

— *Voici votre peine officiellement déclarée.*[1]

— Seguinte, eles mandaram eu traduzir a decisão.

— *Vous avez été jugés et reconnus coupables d'espionnage.*[2]

— Vão matar todos nós. A ideia é sobrar só um vivo, que é para contar a história.

— *Tout homme qui espionne notre empereur...*[3]

— Quando o homem aí mandar, cada um de nós deve correr para uma direção!

— *...ne trouvera aucune pitié.*[4]

— Daí, quem sobreviver mais tempo, ganha!

— *L'Empire français, à travers ce capitaine, décrète votre peine de mort.*[5]

— Império francês, capitão, pena de morte. Essas coisas.

— *Armes! En joue! Et...*[6]

---

[1] "Esta é a sua sentença oficialmente declarada."
[2] "Vocês foram julgados e condenados por espionagem."
[3] "Todo homem que espiona nosso imperador..."
[4] "...não encontrará misericórdia."
[5] "O Império Francês, por meio deste capitão, decreta sua pena de morte."
[6] "Preparar! Apontar! E..."

– CORRAM, GAJOS! CORRAM!

Uma confusão.

Cada um dos portugueses saiu fugido para um lado. Como uma colmeia cutucada.

Um deles se jogou contra dois franceses e os três rolaram juntos pela montanha. Houve quem começasse a esmurrar tudo o que achasse, não importava de qual país tivesse vindo. O mais magrinho pulava, pensando que ia desviar dos projéteis. Um dos grandões abraçou o capitão e, na luta, fizeram um monte de furos um no outro. Metade do pelotão francês corria atrás dos prisioneiros e a outra metade corria para se esconder!

O saldo final do rebuliço, para não dizer zero, foi um.

Sobrou Chalaça.

Que não moveu um só músculo. Não chamou a atenção de ninguém. Assim, continuou de pé. Rodeado de defuntos.

Respirou fundo. Respirou de novo. De novo! Limpou o suor gelado da testa. Pegou a maletinha e virou para seguir viagem, quando...

– POUR NAPOLÉON! – berrou um soldado francês, irritantemente vivo, o mosquete apontado para a testa de Chalaça. Foi assim que eles tiveram a conversa que, peço licença, transcreverei diretamente em português.

– Você quer me matar?

– SIM!

– Por que você quer me matar?

– PORQUE EU TE ODEIO!

– Eu entendo. – Pausa. – Às vezes, eu também me odeio. – Longa pausa. – Mas você me odeia *quanto*?

– MUITO!

– Muito?

– MUITO! MUITO!

– A ponto de desejar o pior possível para mim?

– O PIOR DO PIOR DO PIOR!

– Então deveria me deixar vivo.

– POR QUÊ?!

– Porque, meu amigo..., eu estou indo *para o Brasil*.

O soldado francês refletiu longamente, mas terminou baixando o mosquete.

Que Chalaça fosse para o inferno!

UM QUARTO EM LISBOA – 1834

– Então, respondendo à sua pergunta, sim. Eu já estive diante da morte.

Chalaça, agora um homem com 43 anos, estava sentado na beirada da cama.

– Como você se sentiu? Naquele momento? Era libertador?! – perguntou Dom Pedro, seu melhor amigo e antigo imperador do Brasil. Ele estava deitado e sorrindo, apesar dos barulhos assustadores produzidos pela sua respiração, típicos da tuberculose.

– Acho que não, Pedro. Morrer muito garoto dá a impressão de coisa inacabada, não é? Morrer garoto é um abandono!

– Será que eu estou morrendo cedo demais?

– Pedro! – Chalaça olhou para o rosto afundado do companheiro. As bochechas apontando para dentro, ao invés de para fora. – Você literalmente criou um país! Você ganhou guerras em dois continentes! Você dormiu com três mil mulheres! Honestamente... Queria mais o quê?!

Eles riram juntos.

– A escravidão, Chalaça! Não consegui acabar com a escravidão.

– A escravidão vai acabar no seu devido tempo, amigo. Mas agora você precisa descansar. Sinceramente, a morte veio em ótima hora para você.

Por isso, talvez, fossem tão irmãos. Porque Chalaça nunca teve o menor respeito! Mesmo agora, nas horas finais, Pedro podia contar com a honestidade irresponsável do amigo.

– Como será o outro lado?

– Se for como os padres dizem, bem chato.

– Não vou suportar um lugar chato!

– Você passou sua vida indo a jantares reais, está mais do que acostumado! Além disso, pense só, será um estouro! Todas aquelas famílias que você ajudou gritando: "Chegou Pedro! Chegou Dom Pedro! Vamos reverenciar o Imperador!". Ai, amigo! Eu quase queria estar lá para ver isso!

– Mas e os franceses? Como é que vai ser com eles?

– No céu?! Ah, relaxe. Eles não vão estar lá.

***

– Senhores?

A voz do funcionário veio do corredor. Chalaça, antes de levantar para abrir a porta, apertou rapidamente o ombro do amigo. Um carinho bem sutil. Portanto, entre as melhores classes de carinho.

– Sim?

– Trouxe o almoço.

– Ótimo! Já estava *morrendo* de fome! – lamentou Dom Pedro. Chalaça forçou uma risadinha. Não importa quão macabra fosse a piada, o mínimo que seu amigo merecia era que risse dela.

– Lembra, Chalaça? Quando nós nos conhecemos? Acho que foi nossa memória mais bonita!

– Claro que eu lembro! Anos antes da nossa memória mais irritante! Que foi quando a Leopoldina, uns anos depois, inventou de a gente não poder usar talheres!

– No Brasil ninguém usava. Ela não queria ser arrogante.

– Depois disso, eu até esqueci como é que se segurava um garfo!

Um olhou para o outro e, só de se olharem, combinaram.

Ao mesmo tempo, pegaram pedaços de carne escorrendo molho e enfiaram na boca, com as próprias mãos.

QUANDO NOS CONHECEMOS – 1808

Para escapar de Napoleão, a família real portuguesa fugia para o Brasil.

Dezenas de milhares de lusitanos, na rebarba, tentavam conseguir uma vaguinha em um dos 16 navios. O porto acabou tomado de gente da realeza! Horas de fila para chegar às portas de acesso.

A seguir, um descritivo de como Chalaça, ainda rapazinho, fez para entrar.

– Qual seu nome? – perguntou o guarda.

– Francisco Gomes.

– Francisco... Francisco de... Hum. Nenhum Francisco Gomes na lista. Fora daqui!

Pensou.

Pensou.

Pegou outra fila.

– Nome? – perguntou o guarda.

– Francisco Gomes da Silva de Cerveira de Andrada Bethancourt de Lima Mascarenhas Góis Queirós Solto e Vasconcelos de Sá.

– !

– É que eu sou muito nobre. Nobres têm nome longo.

– !

– Dá uma olhada aí, que às vezes só registraram um dos sobrenomes.

– Fora daqui!

Pensou.

Pensou.

Pegou outra fila.

– Nome? – perguntou o guarda.

Então o jovem Chalaça quase lhe meteu um tapa na cara.

– NUNCA MAIS OUSE NÃO ME RECONHECER!

Entrou. Com toda a pompa de nobreza que sabia simular.

★★★

Segue, agora, um descritivo de como Dom Pedro, com 9 aninhos, fez para entrar no navio.

– Amado lorde! Por favor! Entre!

– Eu quero pasteizinhos de nata!

– Trarei agorinha, senhor!

***

Foram, literalmente, mil pessoas no mesmo barco.

Chalaça, que já não comia nada havia seis dias, teve uma ideia. Negociar com o imediato do navio!

– Senhor imediato, sabe se precisam de ajuda na cozinha?

– Não.

– Não sabe?

– Não precisam.

– Mas eu poderia ser útil! Eu cozinho muito bem!

– Não precisamos que se cozinhe bem. Para a maioria, aqui, qualquer coisa serve.

– Pois, então, cozinho mal, se for necessário!

O imediato foi embora imediatamente. O que já era esperado, considerando seu cargo.

Chalaça sentou-se no chão, recostado na parede. Apertou os bracinhos sem força contra o próprio estômago e fechou os olhos, concentrando-se para a fome passar.

– Oi.

Levantou o rosto, a vista ainda esfumaçada. Viu um menino de 9 anos de pé, do seu lado.

– Aceita um pastelzinho de nata?

UM QUARTO EM LISBOA – 1834

– Eu lembro que achei engraçado você, daquele tamanho, falando que ia ser imperador.

– Eu lembro que achei engraçado você, fluente em cinco idiomas, dizendo que seria barbeiro!

Chalaça riu jogando o pescoço para trás e pousando a mão na testa.

– Por que você queria ser barbeiro?! De onde tirou essa ideia?

– É que eu não sabia cortar cabelo!

Os dois gargalharam tanto que nem parecia que um deles ia morrer no final do dia.

– Mas não acho que foi essa a nossa memória mais bonita.

– *Não?!*

– Não!

– Pois qual foi?

– A noite antes de você receber as cartas de Cordeiro e de Paulo, lembra? Durante a viagem? *Aquela nossa conversa.*

UMA NOITE ANTES DAS CARTAS – 1822

A essa altura, Pedro tinha 23 anos.

Sentou-se ao lado da fogueira e ficou olhando as brasas vermelhas saracoteando. Foi a voz de Chalaça, toda empolgada, que cortou seu momento de paz. – TERMINEI!

Chalaça, nessa época, tinha tufinhos de bigode sobre a boca. Sentou-se, empolgado, ao lado do amigo.

– E como ficou, Chalaça?

– Ficou ótimo! Fui eu quem fiz!

– Chalaça, às vezes eu não sei por que não te demito.

– Porque você me ama! – Esticou, orgulhosamente, um pedaço de papel e o leu em voz alta: – "Declaro que, para facilitar a governança da província e, por conseguinte, o desenvolvimento desta terra, eu (no caso, você, príncipe regente) tomarei as providências diretamente, fazendo desnecessário o governo provisório que, até aqui, a regia".

– Não era o que eu queria.

– Como assim?!

– Queria algo mais direto. Algo como: "Sobre o governo provisório, decreto que mando embora esse bando de parasitas, e que não olhem mais na minha fuça".

– Pedro, você tem o coraçãozinho quente, mas eu tenho a cabeça fria. O efeito vai ser rigorosamente o mesmo! Mas, sendo delicado, você não arranja nenhuma inimizade desnecessária.

Ficaram em silêncio até Chalaça concluir:

– Mas eu admito que gostei de "...esse bando de parasitas".

Sorriram. Mas só quando os sorrisos terminaram de murchar, Pedro disse:

— Amigo... você acha que eu deveria declarar a independência?

— Poxa! Essa é uma pergunta injusta.

— Não são muitas as pessoas para quem eu posso fazer perguntas injustas.

Dom Pedro tinha razão. É preciso amar muito uma pessoa para poder ser injusto com ela.

— Certo. Quais são os contras?

— Levantar guerra contra meu pai. Virar inimigo do país onde nasci. Mandar homens para o campo de batalha.

— Uhum. E quais as vantagens?

— Deixar o povo livre para escolher o próprio destino.

— Mas e você, Pedro? Você é livre para escolher o próprio destino?

— Nessa circunstância...

— Não me fala da circunstância, me fala de você! O que *você* quer? Pelo que eu lembro, quando te conheci, você disse que seria rei.

— Quando eu te conheci, você disse que seria barbeiro.

— Então fica combinado, companheiro. Você declara a independência e eu abro um salão.

*★★

Exceto pelos que estavam de guarda naquela noite, toda a comitiva caiu no sono. Pedro, no entanto, continuou lá, alimentando a fogueira. Só horas depois caminhou em direção ao abrigo para deitar as costas. Passou por vários parceiros de viagem até achar Chalaça.

Daí, chutou os pés dele.

– Vai chutar os pés da Carlota Joaquina! Ou, por assim dizer, sua mãe!

– Chalaça, acabei de escrever uma música.

– *Uma música?*

– Um hino. Um hino para a independência!

– Ótimo. Se algum dia você for em frente com essa loucura, eu escrevo a Constituição.

UM QUARTO EM LISBOA – 1834

A tosse é só uma tosse. Exceto quando é vermelha. Pedro encheu um lenço.

– Vou buscar outro.

– Para quê? Que diferença vai fazer?

– Você tem que estar apresentável, Pedro. *Sempre.*

Quando Chalaça ia levantar, ouviu a respiração chiada do amigo. Viu a quantidade de sangue. Ficou.

Começou a assobiar.

Uma musiqueta meio feliz demais para aquele momento. Mais contente do que a situação pedia.

– A música, Chalaça! Você está assobiando a música que eu fiz! – Pedro, com uma felicidade incontida, cantarolou junto! – *Já podeis, da Pátria filhos, ver contente a mãe gentil... Já raiou a liberdade no horizonte do Brasil...*

Tosse. Tosse.

– *Brava gente brasileira! Longe vá, temor servil...*

Tosse. Sangue.

– *Ou ficar a pátria livre... Ou morrer pelo Brasil.*

Tosse. Tosse. Sangue. Assobio feliz.

– *Ou ficar a pátria livre! Ou morrer pelo Brasil!*

Tosse. Sangue. Tosse. Assobio. Olhos cheios de chorar.

Um abraço.

Um abraço de amigos.

***

Pedro morreu dia 24 de setembro, no mesmo quarto em que havia nascido 34 anos antes.

Na tampa de chumbo de seu caixão, adicionaram depois a inscrição: "O Primeiro Imperador do Brasil".

***

A Constituição brasileira foi outorgada em 1824.

Pela primeira vez na história, o Brasil passava a ser regido pelas próprias leis.

Foram, claro, diversos autores.

Entre eles, um tal de Francisco Gomes da Silva. Mais conhecido como Chalaça.

***

– *Ou ficar a pátria livre! Ou morrer pelo Brasil!*

– Sabe, Pedro, acho que nenhuma memória é mais bonita do que o agora.

Tosse. Sangue. Tosse. Assobio. Olhos cheios de chorar.

Um abraço.

Um abraço de amigos.

Um abraço de irmãos.

IV

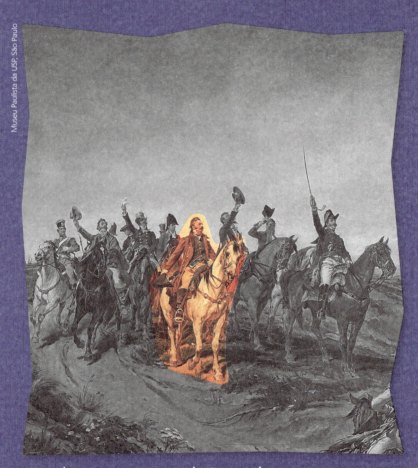

Coronel Antônio Leite Pereira da Gama Lobo

COMEÇO DO JULGAMENTO

O grupo costumava se reunir no casarão assobradado do Largo de São Gonçalo, em São Paulo. Era o prédio perfeito para tomar decisões cruéis. Não por acaso, funcionavam ali três instituições: a câmara, a cadeia e o açougue.

Entraram na sala e se sentaram. Fizeram isso calados, que é uma maneira inteligente de deixar o clima pesado. É curioso como, muitas vezes, queremos agredir com gritos, xingamentos e palavrões, sem lembrar da potente agressividade do silêncio.

As janelas fechadas só deixavam passar feixes de luz suficientes para brilhar a poeira.

Na mesa central ficou José Bonifácio, o velho.

– Senhores, como presidente da sessão, dou boas-vindas ao último encontro da Junta Governativa. Que entre... o réu.

Dois dragões da Independência trouxeram um garoto português, nem 20 anos, o uniforme imperial todo rasgado, cordas amarradas nos pulsos, nos tornozelos e na boca. Foi jogado no piso frio como se fosse um saco de carne.

– Hoje a missão de vocês é julgar se este rapaz deve, ou não, sair vivo desta sala.

★★★

Além de Bonifácio, estavam os vogais. Eles eram parte do governo provisório, eleitos "pelo povo e pela tropa", como se dizia.

Cada um falava em nome de um setor da sociedade.

Felisberto, vogal pela Igreja.

Oliveira, vogal pela Educação.

Nicolau, vogal pela Agricultura.

Jordão, vogal pelo Comércio.

Coronel Gama Lobo, vogal pelas Armas.

Pelos quatro primeiros, o menino seria, simplesmente, mandado de volta para Portugal.

Mas pelo coronel... Bom, não.

O ARGUMENTO DA IGREJA E DA EDUCAÇÃO

– Senhor Bonifácio, este tipo de julgamento, normalmente, não é conduzido por esta junta.

– Senhor Felisberto, esta junta já nem existe mais! Nosso imperador, Dom Pedro, já proclamou a Independência. Temos um governo, portanto. Mas precisamos limpar a sujeira que essa mudança deixou! Para isso que estamos aqui.

– Então temos a nossa resposta! – disse Oliveira. – Não podemos limpar sujeira fazendo mais sujeira! *Essa guerra já custou vidas demais.*

A HISTÓRIA DO
BLOQUEIO NAVAL – 1823

– População da cidade de Salvador! Eu, o comandante Inácio Luís Madeira de Melo, na intenção de demonstrar a bondade do exército lusitano, permito que abandonem o município.

O militar português fez o decreto e, na base do boca a boca, o povo de Salvador recebeu o recado. Começou assim o que foi chamado de "A Grande Migração".

Dez mil brasileiros deixaram o lugar!

Todos ao mesmo tempo! Simplesmente levantaram e saíram andando. Não tinham autorização para levar roupas, nem comida, nem móveis. Levaram, então, a si mesmos. O que, diga-se de passagem, não era muita coisa.

Gente tão fraca, tão faminta! Uma multidão de esqueletos nas estradas de terra.

Salvador, vazia, parecia uma cidade-fantasma.

– Comandante Inácio?

– Pois?

– Qual é o sentido de dominar um território se não há ninguém no território para ser dominado?

A pergunta era dolorida; a resposta, mais ainda.

★★★

Acontece que o batalhão português tomou posse de Salvador, mas a região foi cercada pelo esquadrão de um tal de lorde Cochrane.

Thomas Alexander Cochrane era a grande celebridade da Inglaterra. Herói de guerra, corajoso e bonitão, vivia saindo no jornal. O único problema... é que gostava muito de dinheiro. Chegou a ficar preso um ano por causa de seus esquemas! Mas era tão amado que ganhou uma eleição de dentro da cadeia!

Já no Brasil, a Marinha brasileira enfrentava um problema seríssimo: *não existia*.

Todos os antigos almirantes e capitães eram portugueses. Precisávamos de uma liderança nova! Dom Pedro fez um acordo com Cochrane, que veio para cá comandar um punhado de navios e um regimento "formado pela vagabundagem da capital", como ele mesmo definiu.

Para tentar tirar o comandante Inácio de dentro de Salvador, lorde Cochrane usou uma tática particularmente cruel.

Bloqueou todas as entradas do lugar. Enquanto houvesse comida, tudo bem. Depois, os portugueses lá dentro que morressem de fome.

Assim, os lusitanos viraram ratinhos defendendo a própria armadilha. A verdade? Mandaram o povo embora para não precisar dividir os últimos pedaços de pão.

Só quando começaram a enterrar os soldados mais raquíticos é que o comandante Inácio admitiu: não tinha jeito. Ordenou, aos que ainda tivessem forças, que fugissem.

No fim, a Guerra da Independência Brasileira custou mais soldados do que as guerras da libertação de todos os países da América Latina.

Somados.

– Lorde Cochrane, acabamos com os portugueses. Vamos avisar a população para voltar?

– *Not yet, my friend... Not yet.*

Tempos depois, Cochrane foi embora do Brasil. Deixou, para trás, todas as cidades que libertou completamente saqueadas.

Como avisamos, ele gostava muito de dinheiro.

A PRIMEIRA RESPOSTA DE GAMA LOBO

Gama Lobo, vogal pelas Armas, não estava satisfeito com o argumento de que "a guerra já fez sujeira demais".

– Os senhores da Igreja e da Educação, na minha opinião, fazem certa confusão ao chamar os mortos de sujeira. Quando nosso sangue cai, sim, é sujeira. Quando cai o sangue português... é justiça.

Levantou e começou a caminhar pela sala, rodeando o portuguesinho infeliz, amarrado.

– Vocês falam da retomada de Salvador como se tivesse sido um ato de maldade! Será que devo lembrar *como foi* que eles invadiram o lugar? *Será que devo lembrar Joana de Jesus?*

A HISTÓRIA DO CONVENTO DA LAPA – 1822

Faltavam dois meses para Joana de Jesus fazer aniversário. Não era coisa sem importância! Como é sabido, até os 60, a festa é pelo ano que virá. Depois dos 60, a comemoração é pelo ano a que se sobreviveu.

Ela acordou cedo, como sempre, e colocou os joelhinhos velhos no chão, ao lado da cama.

Rezou!

Rezou por um bom dia para si e para as irmãs do Convento da Lapa. Depois, saiu para ajudar as noviças a preparar o café da...

Tiros.

Mais tiros. Gritaria.

– *ELES ESTÃO VINDO!*

Joana voou até o parapeito e viu o pelotão português.

Mas, por causa do ângulo da janela, só enxergava metade da cena.

Os soldados esmurravam a porta de uma casa aleatória até que a trinca rompesse. Entravam com as armas em punho. Alguns gritos e, depois, silêncio de novo.

O processo se repetia. Casa após casa.

Mecanicamente.

– Santíssima Virgem Maria! Santíssima Virgem Maria!

Desceu as escadas com os passinhos mais rápidos que pôde, apesar da idade. Só parou de rezar quando achou outras freiras gritando no corredor: "Já tem muitas de nós chamando por Deus".

De repente, as batidas na porta.

Ela não esperou que arrombassem. Abriu, ela mesma, com toda a força da fé. A casa do Senhor está sempre aberta. Não é o que os livros determinam?

Olhou para os soldados portugueses e ainda chegou a pensar: "São meninos".

– PARA TRÁS! RESPEITAI A CASA DO SENHOR.

Eles vacilaram. Olharam um para o outro, na dúvida se ficavam com a ordem de Deus ou a do comandante.

– SÓ ENTRAREIS NESTA CASA PASSANDO SOBRE MEU CADÁVER!

Um deles achou que era um desafio. Enfiou a baioneta, aquela faca grudada na ponta da espingarda, no abdômen da freira. Os outros seguiram o exemplo, atingindo Joana.

Ataques seguidos. Repetidos. Até cansarem.

Depois, caída, ainda se arrastou até perto do altar. Quando percebeu que ninguém viria ajudá-la, sorriu.

"Então todas as outras conseguiram fugir.", concluiu satisfeita, antes de morrer.

O ARGUMENTO DA AGRICULTURA E DO COMÉRCIO

Nicolau, um pouco mais velho que os outros vogais, resolveu falar.

— A questão, querido coronel Gama Lobo, é o equilíbrio.

Todos os pescoços viraram na direção do homem.

— Como vogal da Agricultura, posso dizer que ela nos ensina a importância do equilíbrio. Devemos plantar apenas o bastante, *somente* o bastante. Nem menos nem mais.

Jordão, vogal pelo Comércio, deu algumas balançadinhas de cabeça, concordando.

— No Comércio é igualzinho! É o equilíbrio do mercado que determina o preço das coisas! Portanto, a guerra, coronel, *decide sozinha quantas vidas ela vai custar.*

A HISTÓRIA DO CAMPO MAIOR – 1823

— Declaro cada homem do Piauí um inimigo de Portugal!

Fidié, major português, disse a frase como se fosse uma grande novidade, mas a verdade é que era meio tarde demais. O governo brasileiro já havia declarado cada homem português um inimigo do Piauí (assim como de todas as outras províncias).

– Tropa! Nosso objetivo é chegar até Oeiras! Iremos retomar a cidade!

Se Fidié conseguisse, uniria seus mil soldados aos portugueses que já estavam no local. E, em termos práticos, seria o fim da independência.

***

– Eu vou começar dizendo a razão pela qual nós vamos perder a guerra.

Os moradores se agrupavam no centro da praça, fazendo um pequeno círculo ao redor do capitão Rodrigues.

– Os portugueses têm treinamento, têm roupas de batalha, têm 11 canhões, além de uma espada para cada soldado.

A multidão vaiou. O que não deixava de ser inveja.

– Agora eu vou dizer a razão pela qual nós vamos ganhar esta guerra!

Alguns aplausos. Não muitos. Aquela mistura de empolgação com medo.

– Sim, eles têm treinamento, mas nós temos sabedoria. Só a vida do campo pode oferecer isso.

Capitão Rodrigues percebeu que precisava falar mais alto, mais gente se acumulava na rua.

– Sim, eles têm uniformes! E nós?! Nós temos o corpo calejado! De quem está acostumado a acordar cedo, trabalhar muito, acostumado a viver sem medo do dia seguinte!

Mais gente. Mais gente.

Rodrigues tinha que gritar.

– SIM! ELES TÊM 11 CANHÕES! MAS NENHUMA PÓLVORA PEGA MAIS FOGO DO QUE UM HOMEM QUE LUTA PELA PRÓPRIA TERRA!

A multidão incendiou.

★★★

No final do dia, partiram todos. Um grupo improvável, feito de vaqueiros e roceiros que nunca haviam visto uma guerra. Uma tropa de tropeiros! Somando os do Maranhão, do Piauí e do Ceará, foram quase dois mil. Armados com enxadas, facas de cozinha, uma ou duas espingardas de caça.

No momento da despedida, um detalhe interessante: as esposas não choraram. Ao contrário! Pareciam, na verdade, ainda mais enfurecidas que os maridos.

★★★

– Senhor, acho que deveria ver isso.

Quando Fidié viu, pela luneta, aquela massa de gente pobre, quase riu.

– Isso é um... exército?

Consideraram, por alguns minutos, nem revidar. Apenas ir embora, sem dar maior importância ao caso.

Consideraram.

Mas desconsideraram na sequência.

– Canhão neles.

***

A Batalha de Campo Maior durou cinco horas, ao lado do Rio Jenipapo. Só acabou quando não havia mais gente em condições de guerrear. Levaram, ao todo, dois dias para enterrar os mortos.

Major Fidié venceu.

Mas não sobraram vivos os homens de que ele precisava para retomar o governo.

Acabou preso pouco tempo depois.

A SEGUNDA RESPOSTA DE GAMA LOBO

– Portanto, como eu dizia, chega! A guerra já acabou, coronel Gama Lobo. Qualquer morte depois disso é excesso.

Por alguns segundos, todos acharam que a discussão havia terminado. Nicolau tinha esse poder.

Mas Gama Lobo, como se vê, era chato.

– E o que determina o fim de uma guerra, cavalheiros? Um tratado? Um documento? Um fio de tinta grudado no papel?

Gama Lobo se abaixou bem perto do garoto português, suava frio o "gajozinho".

– A guerra acontece dentro de cada homem. A fúria vem *antes* do tiro. A guerra não é um estado de sítio, é um estado de espírito.

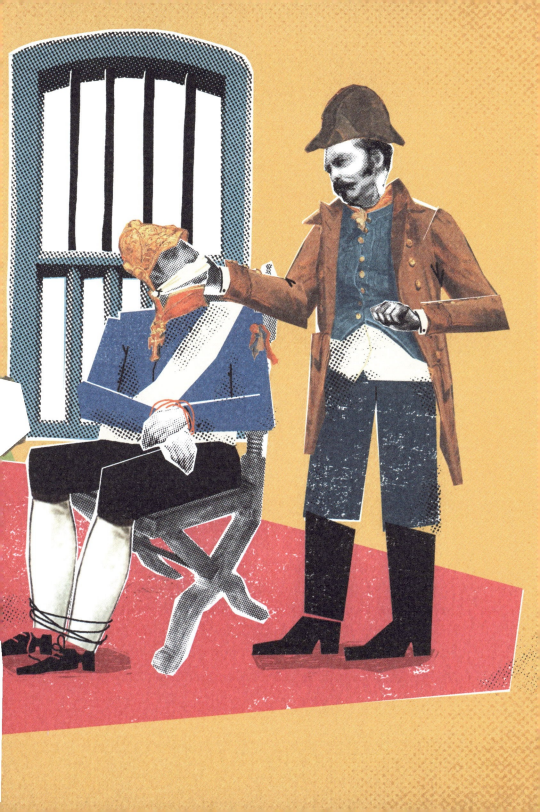

Segurou o crânio do moleque com tanta delicadeza que nem parecia que desejava quebrá-lo.

– Enquanto o ódio estiver em mim, há guerra. – Olhou para José Bonifácio e para os outros vogais. – *Motivos não me faltam.*

A HISTÓRIA DO PALHAÇO – 1823

O Palhaço era um barco-prisão que ficava no Pará.

Um navio gigante que acabou "naturalizado brasileiro" depois da Independência. Sua função, quando os conflitos terminaram, era guardar os prisioneiros *mais difíceis.*

E os "mais difíceis" não eram os ladrões, furtadores ou assaltantes. Nem os mercenários, assassinos e sequestradores. Muito menos traficantes, esquartejadores ou estupradores em série.

"Mais difícil", mesmo, era o povo.

A província estava sob o domínio de John Pascoe Grenfell, um tenente inglês já bem acostumado à violência. Certa vez, para experimentar, amarrou um padre na boca de um canhão! Esse militar, na fachada, defendia a independência brasileira, mas, na prática, prometeu para as elites portuguesas que, por baixo dos panos (ou dos papéis), elas continuariam ditando as leis.

Quando a população descobriu, explodiram rebeliões pela cidade!

O exército foi recolhendo os rebeldes aos poucos, rua após rua, como faz um caminhão de lixo.

– Mandem todos para o Palhaço.

***

Mais de 200 pessoas, todas em um porão fechado, acumuladas umas sobre as outras.

Como faziam barulho, o capitão do navio mandou "ninar" o pessoal. "Ninar" significava matar alguns de tempos em tempos, aleatoriamente, com tiros.

– Capitão, eles continuam reclamando.

– Alguém tem alguma ideia?

Não houve registro de, com que cara, exatamente, alguém sugeriu usar uma nuvem de cal viva.

***

Algumas garrafas de vidro com cal e água.

Uma boa chacoalhada, jogar e fechar – com muita força – a porta do porão.

No início, houve gritos.

Depois, tosses.

Na manhã seguinte, quando abriram a escotilha, havia 252 cadáveres. Claro que morreram asfixiados. Mas o estado dos corpos serviu para mostrar como lutaram, desesperadamente, para sobreviver.

O FINAL DO JULGAMENTO

– Senhores, este é nosso último trabalho como Junta Governativa e essa decisão precisa ser unânime. Os vogais precisam concordar – disse José Bonifácio.

Na sequência, vendo que ninguém ia resolver nada, sorriu (pois era do tipo de velho que... Bem, você já sabe).

– Então... vamos ver qual é a opinião do garoto.

– Quê?! Do português? – reagiu o coronel Gama Lobo.

– Isso! Não acha que ele deveria ser ouvido?

– Não!

– Vamos, Gama Lobo. Se você tivesse *uma só pergunta* para fazer a ele, qual seria? – provocou Bonifácio.

Gama Lobo ficou pensativo.

As sobrancelhas tão curvadas, tão coladas uma na outra, que pareciam um bigode em cima dos olhos. De repente, arregalou os olhos! Tinha uma questão. Uma questão muito importante!

Desamarrou a corda ao redor da boca do soldado. Mas fez sem pressa, com a mesma calma com que pretendia enfiar uma lâmina dentro dele.

– Rapaz, eu gostaria de saber uma coisa.

O menino olhou para ele fingindo alguma dignidade.

– Se fosse o contrário, o que você faria, no meu lugar?

Silêncio.

– Com a minha raiva, com a minha *história*, você me mataria?

O soldado mordeu a própria boca tão forte que a marca dos dentes ficou cravada nos lábios. Tentava segurar a respiração tremida, mas não dava conta.

Por fim, respondeu.

– Sim.

★★★

Às 18 horas da quinta-feira, aquele soldado português foi enviado de volta para seu país. O grupo de vogais optou por deportá-lo.

O caso se resolveu quando Gama Lobo, naquela tarde, disse:

– Eu estava ao lado de Dom Pedro quando ele declarou a Independência. Eu me lembro! Eu lembro quando ele falou que essa guerra não teria sentido nenhum se começássemos a agir como eles agiam! Nós vencemos, não foi? E vencemos para ser diferentes, não iguais! Vencemos para mudar, não para continuar, não para repetir.

Vencemos para ser mais do que nunca... nós mesmos.

V

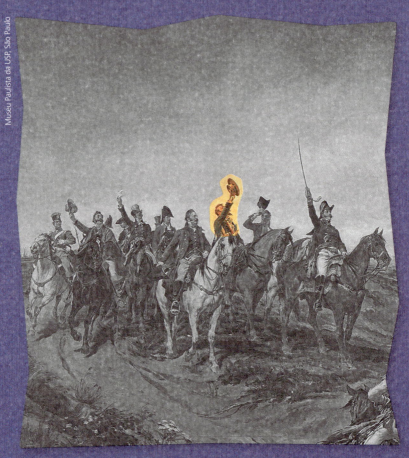

Museu Paulista da USP, São Paulo

Brigadeiro Manuel Rodrigues Jordão

O ESCRAVO LADRÃO – 1790

Jordão um dia se tornaria um importante senhor da monarquia. Integrante efetivo da Junta Governativa como vogal pelo Comércio. Mas, por enquanto...

– Filho, fique calado.

Era só um menino assustado, acompanhando o pai nas inspetorias do negócio.

– Pai, é que eu estou...

– Filho! Calado, por favor.

O "por favor" deu o recado. O garoto obedeceu.

A frase que ele nunca chegou a terminar seria "é que eu estou... *com medo*". O pai de Jordão não era negligente! Mas precisava ensinar seu filho, desde cedo, a não demonstrar fraqueza na frente dos empregados.

O túnel era tão apertado que o medo era enganchar, ficar ali, preso dentro da montanha. A poeira densa voava, iluminada pelas tochas. E uma multidão de escravos disputava o pouco oxigênio disponível.

– Senhor, é esse daqui – disse o capataz.

O pai de Jordão olhou para o africano que seu funcionário apontava, mas tentou não estabelecer contato visual.

– Onde encontraram?

– Nesse santinho aqui, senhor.

Era uma miniatura de São Francisco. Um boneco de olhinhos humildes, que parecia prestes a dizer: "Fazei o bem, irmãos! Fazei o bem!".

Nem dava para imaginar que aquilo era uma geringonça projetada para roubar. Puxando o pescoço do santo para trás, liberava a travinha.

Por dentro, um compartimento. Nele, uma pepita de ouro.

– O escravo estava escondendo, pretendia escapar à noite – adicionou o capataz.

O pai de Jordão, sem se aproximar, perguntou:

– Você ia fugir sozinho ou com *mais alguém*?

Era uma cilada, mas o coitado não tinha como saber.

– Sozinho, eu juro.

– Pois bem... – e, propositalmente, o senhor aumentou a voz. As paredes de pedra rebatiam suas palavras e os escravos espalhados pelos túneis recebiam o eco do seu discurso.

– Viram? Ele ia *abandonar vocês aqui*.

Colocar uns contra os outros.

A forma mais antiga de aprisionar os homens.

– Façamos assim, capataz... – esperou um pouco, como se estivesse tendo a ideia na hora. – Venda esta pepita! Com o dinheiro, compre carne de porco, feijão e bebida boa! Distribua entre todos! Uma grande festa. Vamos comemorar, juntos, que nos livramos deste traidor!

Pelas dezenas de túneis os escravos aplaudiam, gritavam e batiam as pedras umas nas outras, mostrando felicidade e gratidão.

O rapaz foi morto ali mesmo.

★★★

– Pai?

– Agora sim, filho. Pode falar.

Estavam a caminho da grande casa. Naquele gramado que Jordão conhecia tão bem, onde costumava brincar.

– Por que você fez aquilo?

– Porque eu ordenei que matassem aquele rapaz?

– Não, pai!

Isso era óbvio. Ele era um ladrão, não era?

– Por que você deu a pepita de ouro para os escravos? A mina já não está quase esgotando?! Já não estamos quase sem dinheiro?!

O pai de Jordão admirou o pragmatismo do filho.

Agachou-se na frente do menino e sorriu.

– Você será um dos grandes, Jordão.

Abraçaram-se.

– Filho, entenda, já existia gente poderosa antes da descoberta das minas e continuará existindo gente poderosa depois que elas esgotarem, o que não vai demorar muito. O poder não está, nem nunca esteve, no ouro.

– Não?!

– Não. O ouro é só uma moeda de troca.

– Então?

– O poder está *nos homens*, Jordão! Eu não me tornei poderoso porque possuo ouro! *Eu me tornei poderoso porque possuo pessoas.*

O LASTRO – 1808

– Senhor Jordão?

Aquele tesoureiro da Junta Governativa de São Paulo estava tão profundamente concentrado em analisar o início da própria calvície que deu um pulo na cadeira.

– Si-sim?

– Poderia me dar um minuto?

– Claro!

– Gostaria de falar com o senhor sobre o dinheiro.

– Qual dinheiro?

– Bem... *todo.*

Com as reservas esvaziando-se e os gastos subindo, o governo teve uma ideia genial: criar uma instituição que fabricasse mais notas de papel. Uma mina de ouro urbana!

Deram a essa mina o nome de Banco do Brasil.

Jordão, que tinha acesso aos relatórios, verificou os números que o analista trouxe.

– Esse é o volume total de dinheiro emitido?

– Esse é o volume total de dinheiro emitido.

– Você conferiu duas vezes?!

– Eu conferi três.

***

Todo dinheiro impresso precisa ter seu valor equivalente em ouro guardado em algum lugar. É uma espécie de garantia. O país garante que aquele pedaço de papel vale alguma coisa porque, em algum porão, há aquele montante em minério. O nome bonito que dão a isso é *lastro*.

E, quando o assunto é lastro, não deveríamos ter do que reclamar. A corrida do ouro nas minas brasileiras levantou o equivalente a 23...

Bilhões.

De dólares!

Uma pena que quase tudo desapareceu.

– Se isso que você diz é verdade, então nós não temos lastro suficiente para a quantidade de papel-moeda.

– Exatamente, senhor! Quando o mercado descobrir...

– Todo o dinheiro do Brasil vai valer *menos que papel picado.*

***

A carruagem parou diante do Paço Real.

Jordão, que estava admirando o Rio de Janeiro pela janela, ainda não tinha organizado os documentos quando o cocheiro abriu a escotilha.

– Chegamos, senhor.

– É... Sim! Tá. Calma.

Tentou socar tudo dentro do envelope enquanto descia a escadinha tropeçando. Quem olhava aquele homem caminhando na praça jamais poderia imaginar que ele carregava, debaixo do braço, a pior notícia do país.

***

– Dom João! Muito obrigado por me receber!

– Você foi bem indicado. E o emissário disse que o assunto era de importância nacional.

– De fato, é.

Jordão sentou na poltrona e tentou fingir que aquele encontro com a realeza era algo natural.

– Como vai a família, Dom João? Como vai Carlota?

– Longe. Que Deus a conserve assim.

***

Números, projeções, resultados, explicações, dados, comparativos, análises, estatísticas, indicadores. Silêncio.

Dom João estava de costas, observando o Brasil pela janela.

– Sua preocupação é comovente, Jordão.

– Obrigado, Majestade.

– Aproxime-se. Venha até aqui, por favor.

Jordão ficou ao lado do rei e viu, lá fora, o movimento da praça.

– Algo lhe parece errado?

– Não, senhor. – Ficou na dúvida se completava com um: "Mas está!".

– Enquanto tudo parecer bem, teremos o domínio.

– Mas, senhor...

– *Sua preocupação é comovente, Jordão.*

É impressionante que uma frase tão carinhosa pudesse ter sido dita de forma tão ardida.

– *Mas ordeno que oculte essa informação.*

TREZE ANOS DEPOIS – 1821

Jordão batia à porta com tanta força, com tanta impertinência, com tanta raiva que nem de longe parecia aquele rapaz assustado de antigamente.

– Dom João! Nós precisamos falar!

O rei abriu a porta.

– Seja breve. Eu parto em duas horas.

– O senhor vai para a Europa?!

– Exatamente.

– E mandou retirar o resto de ouro que havia nos depósitos e embarcar nos navios? Isso é verdade? *O senhor vai saquear o país?!*

Dom João respondeu com uma virada de olhos.

– Senhor, com todo respeito, o Brasil está afundando!

– Portugal não está nada melhor, ó pá.

Jordão enfiou os dedos dentro dos poucos cabelos que sobreviveram e respirou fundo. Antes que conseguisse encontrar um argumento convincente, o rei continuou:

– Jordão, sua preocupação é comovente, mas...

– POR FAVOR, NÃO FALE QUE A MINHA PREOCUPA-ÇÃO É COMOVENTE!

– Pois tenha respeito com o vosso rei!

– POIS TENHA RESPEITO COM O VOSSO POVO!

Encararam-se.

– Estou decepcionado, Jordão. Você sabe que só volto para Portugal porque sou obrigado! É isso ou acabo deposto. Sinceramente, não esperava seu enfrentamento, e sim sua cooperação.

Jordão riu.

– Eu falo sério! Antes do nosso trabalho, este país não sabia o que era uma fábrica! Não sabia o que era a imprensa! Quando começamos, Jordão, não sei se lembra, a inquisição no Brasil ainda era permitida por lei!

Jordão mordeu a própria boca.

– Como vosso rei, já cumpri minha responsabilidade. Agora preciso ir embora.

A porta abriu.

E "a porta abrir" parece uma coisa trivial, mas não é, quando se trata do despacho da realeza. Alguém entrar assim, sem mais nem menos, normalmente seria considerado crime.

76

Mas não se fosse ele.

– Pedro!

– Oi, pai. Oi, Jordão.

– Dom Pedro – Jordão curvou seu pescoço em uma demonstração de respeito.

– Vocês estão ocupados.

– Não, filho. Jordão já terminou.

O tesoureiro não ia contrariar o rei. Mas o futuro príncipe regente tinha sensibilidade suficiente.

– Não terminou, não, pai. Jordão ainda tem algo para dizer. Volto em alguns minutos e levarei o senhor para o cais.

Pedro saiu, dando a Dom João a sensação de haver sido abandonado em uma jaula com uma fera violenta.

– Dom Pedro vai ficar no Brasil?

– Sim.

– É este país, de cofres vazios, que você deixará para seu filho?

Dom João amoleceu.

Apoiou os cotovelos na mesa e o queixo nos punhos. Pensou em desistir, em partir de mãos vazias, mas Jordão não o deixou concluir os pensamentos. Levantou com tanto ímpeto que parecia ser ele o rei naquela sala.

– Vá em paz, meu estimado João. Leve todo dinheiro que conseguir carregar, sem pena. Deus sabe que precisará mais do que nós. Não se mede o poder de um país pelo tanto de ouro que ele possui, e sim pelas pessoas que escolhem ficar nele.

TRÊS DIAS ANTES DA INDEPENDÊNCIA – 1822

Estavam acampados no meio da viagem para o Ipiranga.

– Pode falar?

Jordão olhou para Pedro e respondeu:

– E alguém já respondeu "não" para o príncipe regente?

Pedro deu uma risadinha enquanto negava com a cabeça.

– Lá fora? – sugeriu Jordão, e os dois foram para a estrada escura e vazia. – Como posso ser útil, meu príncipe?

– Jordão, você vê a estrada?

– Vejo.

– Vê a curva?

– Sim.

– Quero que me diga o que há depois dela.

– Depois da curva?

– *Depois da curva.*

Jordão não sabia se tinha entendido muito bem. Pensou alguns segundos e, finalmente, respondeu.

– Guaratinguetá.

Pedro riu com tanto gosto que a barriga ficou dando aqueles soquinhos.

– Não, Jordão. Não é isso! É que sempre só consigo ver até ali! Até a próxima curva! Ando pensando muito na independência... Mas não acho que posso governar um país que eu ainda não vejo! Daí me ocorreu perguntar para o senhor especialista... *O que é o Brasil?*

O que é o Brasil?

Uma pergunta que, talvez 200 anos depois, ainda não tivesse sido completamente respondida.

– O que é o Brasil, Pedro? Bom, do ponto de vista do comércio, o Brasil é café, açúcar, gado e fumo. São os quatro produtos que mais exportamos.

– Sim, e do ponto de vista...

– Da geografia? São mais de oito milhões de quilômetros quadrados, a maioria deles inexplorados.

– Certo, e do ponto de vista...

– Da economia?

– DO SEU! Jordão, do seu ponto de vista.

– Do meu? – pareceu surpreso. Estava acostumado a dar números, não opiniões. – Poxa! – olhou para a curva, tentando ver depois dela.

– No fundo, Pedro, somos simplesmente cinco milhões de pessoas. A maioria, boas.

★★★

O brigadeiro Manuel Rodrigues Jordão morreu aos 46 anos, um dos homens mais importantes do país. Possuía, então, quase 60 fazendas.

Ou, como ficaram conhecidas para a eternidade, os Campos do Jordão.

VI

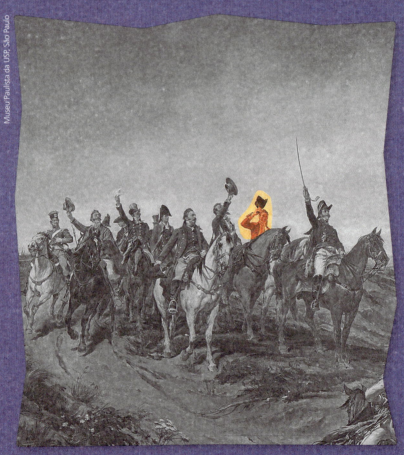

Luís de Saldanha de Brito

O ANIMAL DO PRÍNCIPE

Eis Luís de Saldanha da Gama Melo e Torres Guedes de Brito.

Dito assim, parece alguém tão imponente que assusta. Explicaremos, agora, as atribuições do rapaz durante a viagem até o Ipiranga.

A primeira responsabilidade: vestir o animal do príncipe.

No sentido literal da palavra.

Colocar o arção da sela embaixo da montaria. Prender o bridão na boca para domar. Fechar a cangalha no pescoço e os cabrestos, sem falar nos estribos para dar estabilidade.

Finalmente, a rédea.

Brito olhava para a mulinha, tão produzida! E pensava, todo orgulhoso: "Com o perdão do mau pensamento, está parecendo uma rainha!".

***

A segunda responsabilidade: vestir o animal do príncipe!

Agora, no sentido metafórico.

Casimira bem ajustada, sem bordados, cores primárias. Casacos compridos, coletes curtos. Em cima, os colarinhos, até a nuca. Embaixo, a calça de nanquim. Eventos à noite? Fraque, escarpim e meias de seda branca. Uma cartola para combinar com as costeletas. Tudo selecionado!

O difícil para Brito era convencer o príncipe a vestir! Era tão "do mato" que, se fosse por ele, só cavalgava pelado.

BALSA

O povo de Jacareí, já avisado da passagem da comitiva, reuniu-se às bordas do Rio Paraíba. Eram centenas de pessoas gritando o nome de Dom Pedro, *o príncipe que decidiu ficar. Aquele que não foi para Portugal. Aquele que comprou a briga.*

– DOM PEDRO! DOM PEDRO!

Dentro da balsa, o rapaz não se continha de alegria.

– Olha aquilo! É o povo! É o *meu* povo! – disse, todo empolgado, indo até a borda da balsa.

Luís, por reflexo, quase segurou o príncipe com as próprias mãos! Quase uma hora para fazer ele se empetecar, já pensou se o figura cai na água?! Na frente de todo mundo?

– É o meu povo esperando! Não dá para esse barco ir mais rápido?!

Jordão sorriu, pensando nos cinco milhões de pessoas. Gama Lobo sorriu, pensando em recrutar soldados. Chalaça sorriu, vendo as mulheres passando.

Brito não sorriu, nem acreditou, quando viu Pedro subindo em um cavalo.

– Senhor príncipe, nós ainda estamos *dentro* na balsa.

– É o povo, Brito! É o povo!

– Nós ainda estamos na balsa!

– É o povo, Brito! É o povo!

– Nós ainda estamos na balsa!

Sim. Como podemos ver, eles entraram em uma conversa cíclica. Isso acontece quando os argumentos terminam e as vontades continuam. Não leva a lugar nenhum até que alguém tome uma atitude.

O príncipe tomou.

– Pedro, NÃO!

***

Dentro de um casebre tomado emprestado por "emergência real", Pedro ria, a cara toda contorcida de prazer.

– Eu falei! Eu falei que cavalos sabiam nadar!

– Senhor príncipe! – Brito, por ser pequeno e chato, às vezes parecia a própria voz da consciência. – Estou imensamente grato pela sua sobrevivência mesmo após se jogar com um equino na água. Mas, agora, quando for para o desfile oficial, a imprensa de Mogi vai ver um príncipe encharcado! Vai ser um escândalo!

– Brito, tire suas calças.

– O quê?!

– Tira as calças, Brito! Nós vamos trocar de roupa. Assim, suas preocupações terminam! Mas, depois, não reclame quando der aquela assada, tudo bem?

OS DEZ GRANDIOSOS

– Um sucesso, senhor! Foi um sucesso! Um grande herói nos braços de sua gente! – Brito estava tão entusiasmado que nem ligou para as coxas, ainda ardendo, depois de andar léguas com as calças molhadas.

– Brito, tenho um trabalhinho especial para você.

– Tudo o que estiver ao meu alcance, senhor!

E Pedro, muito carinhosamente, não fez nenhuma piada com a baixa estatura do rapaz.

– O capitão-mor me pediu que escolhesse dez homens da cidade para se juntar à nossa comitiva. Você deve ir à guarda local e escolher os jovens que julgar mais capazes.

Brito, que era branco, ficou transparente.

– Mas, senhor...

– Até o final do dia.

– Senhor, eu não...

– Os dez melhores!

– Gama Lobo, certamente, é mais capacitado do que...

– Gama Lobo vai revisar a tropa comigo.

– Jordão, então! Jordão tem discernimento...

– Jordão tem reuniões com os líderes locais.

– Chalaça, quem sabe? Chalaça poderia...

– Chalaça é um vagabundo. E queremos que ele continue assim.

Brito estacou no meio da rua, vendo as traseiras do príncipe e de seu cavalo partindo.

– Selecione dez, Brito! Os grandes!

Neste momento, será necessário dedicar um trechinho deste livro para explicar *o que significa a grandeza.*

A GRANDEZA

Acima, está o rei.

Abaixo, o príncipe e os infantes.

Príncipe é quem herda a coroa, a responsabilidade, os problemas do governo e, claro, a vida boa.

Infantes são os irmãos mais novos. Estes herdam somente a vida boa.

Seguem na ordem... duques, marqueses e condes.

Todos esses títulos são, oficialmente, dotados de *grandeza*. Algo considerado muito sério! Registrado, inclusive, no Cartório de Nobreza e Fidalguia.

Se alguém, por exemplo, disser: "Eis um dos grandes do reino!", isso significa que tal pessoa, em algum momento de sua vida, fez por merecer.

A SELEÇÃO

O quartel estava entalado de rapazes de todas as cores.

Brito sabia que a Grandeza era algo conferido diretamente a quem *fez por merecer*. Por isso, resolveu selecionar os dez soldados com uma rápida enquete.

– Certo! Vamos lá! Quem aqui já lutou em uma grande batalha?

Todos quietos.

– Uma batalha média?

Nada.

– Luta de faca? Briga de bar? Assalto ao transeunte?

A verdade é que o Vale do Paraíba não era, exatamente, um campo de Waterloo.

***

– Eu realmente tentei, mas não tenho como fazer essa seleção.

Brito e o príncipe estavam em uma pequena encosta, borda com o gigantesco Rio Paraíba do Sul. A centena de candidatos espalhados por ali.

– Eu tentei, príncipe! Mas nenhum deles nunca fez nada... grandioso!

O príncipe coçou o queixo, quase resignado. Olhou para algum ponto no infinito e desandou a falar.

– Brito, você sabe a origem do nome dessa vila? Jacareí?

– Não, senhor.

– Vem do tupi. Das palavras *icare* e *ig*.

– Curioso, senhor.

– Que foram dadas justamente por causa deste rio aqui!

– *Icare ig...* que significam o quê?

– Rio de Jacarés.

Antes que Brito fizesse as contas, o príncipe o empurrou. Com força! Da borda da montanha para dentro do rio.

Depois, gritou:

– HOMEM EM AFOGAMENTO! HOMEM EM AFOGA-MENTO!

Brito tentou nadar, mas os músculos não obedeciam. Olhou na direção dos próprios braços e pensou:

"Movam-se! Salvem-me!".

Os braços, no entanto, continuavam travados.

Pediu ajuda às pernas implorando: "Por favor, pelo menos chacoalhem para manter minha cabeça fora da água!".

Mas as pernas pareciam de ferro. Pesadas, imóveis, inúteis.

– Estou paralisado – concluiu. – *Estou paralisado de medo.*

Nesse momento, daquela centena de guardinhas locais, uns dez se atiraram no rio para arrancar Brito de lá. Seu último pensamento, antes de desmaiar, foi: "São eles. Os grandiosos.".

★★★

Quando acordou, viu que era um quarto do alojamento. O próprio príncipe estava ao seu lado, fazendo guarda.

— Eu sobrevivi?!

— Claro que sobreviveu, Brito. Foi só uma nadada!

— E os jacarés?

— Os jacarés nunca ficam daquele lado.

— O senhor sabia disso?

Pedro sorriu, maroto:

— Eu meio que sabia.

Quando o príncipe já estava virando o trinco, indo embora, Brito perguntou:

— O senhor escolheu os rapazes que vieram me salvar, certo?

— Sim, Brito. Exatamente.

Pedro tirou a mão da maçaneta, voltou, encarou o rapaz.

— A grandeza não é algo que se pergunta. A grandeza não se pede! Grandeza é algo que está em você! E que aparece no momento certo, sempre pelas suas atitudes.

ALGUNS ANOS DEPOIS DA INDEPENDÊNCIA – 1826

Os fazendeiros estavam incomodados.

— Nós viemos para uma reunião com a realeza! Esperávamos encontrar Pedro, o imperador do Brasil! E não ser recebidos por uma...

Leopoldina entrou.

O vestido, milimetricamente calculado, parecia dizer, em cada pedaço de pano: "Sou eu quem manda aqui".

Ela sorriu amavelmente.

– Como foram informados, meu marido está viajando. Os senhores tratarão comigo.

Houve um debate sobre os impostos à indústria da borracha. Eles diziam que o governo cobrava um absurdo, afinal...

– Os senhores estão vendo aquela bandeira?

Retângulo verde, cor da casa de Bragança. Losango amarelo-ouro do imperador da Áustria, pai de Leopoldina.

A bandeira do Brasil.

– Os senhores veem aquela bandeira? Que eu mesma costurei?

Houve silêncio.

– Aquela bandeira não foi desenhada para nós. Ela foi desenhada para o mundo! Não basta nossa independência ser declarada, ela também precisa ser *reconhecida*. Absurdo, portanto, é os senhores acharem que vão prosperar focando seus negócios no mercado interno.

A rainha virou uma xícara. Bebeu sem pressa. Eles que a esperassem terminar de engolir.

– Espelhem-se no exemplo do café e do açúcar! Visem à exportação! Os impostos continuarão *rigorosamente* os mesmos. Mas, com eles, vamos construir estradas que ligarão suas fazendas diretamente com o porto. Estejam preparados para conquistar o mundo.

No fim, foram embora agradecidos.

A rainha virou para seu camareiro pessoal e sorriu.

– Não teríamos conseguido sem você, Brito. Obrigada por arrumar o vestido! Por pendurar a bandeira! E por preparar a xícara de café!

UM DIA É DA CAÇADORA

– Brito, vou precisar de uma roupa especial hoje.

– Já está preparada antes de a senhora pedir! Cintura bem alta, mangas bufantes e túnicas de...

– Não. Mais especial.

– Uma gola de *chemise*?

– Não, Brito. Mais especial.

***

– A senhora tem certeza?

– Tenho. Conseguiu a berlinda?

– Poderíamos usar a liteira! O que acha? A senhora sabe que a berlinda só é usada em casos importantes.

– *É um caso importante*. E não vou fazer os negros ficarem me carregando! Você conseguiu a berlinda ou não, Brito?

– Sim, senhora.

Saíram juntos, quase fugidos, na carruagem de quatro rodas mais veloz do palácio: Brito, com cara de assustado; Leopoldina, com cara de moleca.

– Ai! Eu não faço isso desde minha lua de mel!

Ela olhava, feliz, o Rio de Janeiro pela janela. Depois, admirou as próprias botas de cano longo, feitas para entrar na floresta. Segurou a espingarda bem firme e pensou:

"Vamos caçar!".

PARALISADO

– O que, exatamente, nós estamos procurando?

– Um urubu-de-cabeça-preta, Brito! – disse a imperatriz, arma pré-apontada, no meio da selva. – Ou vai estar em cima de algum defunto, comendo os restos, ou no buraco de uma árvore morta, onde costuma fazer o ninho. Mas toma cuidado, é um bicho muito agressivo.

Brito estava tentando simular coragem quando sentiu a coceirinha. Começou entre o ombro e o pescoço, naquele vão a que a anatomia ainda não deu nome. Depois, deu a volta pela nuca, até alcançar a outra orelha. Quando ele entendeu, já era tarde.

– Meu Deus, senhora! É uma cobra! Meu Deus, tem uma cobra em mim!

Brito tentou arrancar o animal, mas os músculos não obedeciam. Olhou na direção dos próprios braços e pensou: "Movam-se! Por favor! Salvem-me!".

No entanto, continuaram travados.

Pediu ajuda às pernas, implorando: "Corram!". As pernas, infelizmente, pareciam de ferro. Pesadas, imóveis, inúteis.

– Estou paralisado – concluiu. – *Paralisado de medo.*

***

Quando reparou, a imperatriz estava na sua frente segurando o réptil com as duas mãos.

– Você está livre.

– Obrigado, imperatriz!

– Não estava falando com você, Brito, e sim com a nossa amigona aqui! – Soltou a cobra no mato e riu sozinha, surpresa com a própria coragem.

– Eu devo minha vida à sua grandeza.

– Não deve. Era uma jiboia-vermelha. Não é venenosa – e Leopoldina escondeu o fato de que só descobriu isso *depois* de conseguir segurar o animal. – Sabe, Brito... A grandeza não é um documento. É algo que está em você! Aparece no momento certo, sempre pelas suas atitudes.

"QUANDO VOCÊ VOLTAR, EU NÃO ESTAREI MAIS AQUI"

– Não há mais o que fazer.

– Sempre há o que fazer.

– As febres de Leopoldina não passam. Nós já tentamos tudo! O mais provável é que a infecção esteja espalhada.

– Doutor, a rainha está morta?

– Não, claro que não.

– ENTÃO POR QUE ESTAMOS DESISTINDO?! – Brito gritou, sem o menor respeito. Saiu pelo corredor do palácio e ordenou a convocação de mais três médicos. Queria mais opiniões, queria mais alternativas, queria mais... Mais qualquer coisa!

***

— Brito, meu amigo, preciso que me ajude.

— Senhora, vamos procurar uma medicina mais...

— Não, Brito. Chega.

— ...

— Por favor, chame todos os funcionários do palácio aqui no meu quarto. Preciso perguntar a cada um deles se alguma vez, ainda que sem intenção, eu os ofendi. Não posso ir embora sem pedir desculpas.

— A SENHORA NÃO VAI EMBORA! — Depois, lembrou que ela era a imperatriz. — A senhora não vai embora. Dom Pedro voltará do sul e a encontrará no jardim! Linda, usando um vestido de túnicas de seda que eu mesmo vou escolher!

***

No dia 11 de dezembro de 1826, Leopoldina morreu em seu quarto, no Palácio de São Cristóvão. Como, dias antes, também havia morrido o bebê que carregava na barriga.

PARALISADOS

Quando a notícia da morte de Leopoldina explodiu, todos simplesmente pararam.

Pararam os seringueiros.

Pararam os produtores de açúcar e de café.

Pararam os vendedores no Paço, os mercadores no cais. Pararam os cozinheiros, os alfaiates, os engenheiros, os jornalistas. Pararam as confeiteiras, os acendedores de lampiões a gás e os bancários.

Pararam as prostitutas.

Pararam até os escravos. E os capatazes não reclamaram.

A multidão, como se fosse um único ser vivo, olhou para os próprios braços e pensou: "Movam-se! Salvem-me!".

Estavam travados.

Consternado, o povo pediu ajuda às pernas, implorando: "Por favor! Andem, sigam em frente!".

Mas o próprio Brasil, agora, parecia feito de ferro.

Pesado, imóvel, inútil.

– Estou paralisado – concluiu o país. – *Estou paralisado de tristeza.*

A GRANDEZA

– Onde está Mont'Alverne?

– O padre chegará em menos de uma hora.

– Quero o dobro de contingente. Quero todos os cocheiros do Palácio do Conde dos Arcos e os cozinheiros do Palácio da Conceição. Mais tecido! Mais tecido na lateral do altar! Vamos redecorar o Convento da Ajuda! Onde está a orquestra?! Vamos logo! Mexam-se! MEXAM-SE!

Quando todos pararam, foi *Brito* que organizou o velório e o funeral.

Quando todos pararam, foi a voz de *Brito* que colocou tudo para funcionar.

Luís de Saldanha da Gama Melo e Torres Guedes de Brito, que terminou a vida como um *marquês*!

Não que isso importe, é claro.

Afinal, a grandeza não se determina, apenas se reconhece. É algo que está em você. E que aparece no momento certo.

Sempre pelas suas atitudes.

VII

Dom Pedro I

Pedro,

o momento não comporta mais delongas ou
condescendências.

A revolução já está preparada.

Portugal, atualmente, não tem recursos para

subjugar um levante, que é preparado ocultamente,

para não dizer quase visivelmente.

Se ficar, Vossa Alteza tem, contra si,

o povo de Portugal

e a vingança das Cortes.

O que posso dizer sobre isso?

Possivelmente, será deserdado.

Dizem que isso já está até combinado.

Mas eu, como ministro,

aconselho a Vossa Alteza que fique.

E que faça do Brasil um reino feliz.

***

– E agora, padre Belchior? E agora, eu faço o quê?! Entro em guerra contra meu próprio pai?!

OS OLHARES DE CORDEIRO E PAULO

Ser deserdado? Ir para a batalha? Arriscar a vida de milhares de pessoas? Inclusive *a própria*?

"O que eles fariam no meu lugar?", Pedro se perguntou, olhando os homens ao redor.

Quase quis ser um deles, sabe? Ser um desses anônimos que, se um dia aparecesse numa pintura, seria só para preencher a cena, mais nada.

Reparou melhor naqueles dois, a duplinha que trouxe as cartas.

Um condecorado major, acompanhado de um belo exemplar de mais-um. Viajaram juntos. Conquistaram juntos. Como se as diferenças não existissem! Como se fossem iguais!

Como se fossem igualmente... *brasileiros*.

ACONTECEU VINTE ANOS ANTES

– Meu menino! Meu menino morreu!

Sintra, Portugal.

Carlota chorava como um animal.

Mesmo quem não gostava dela – e não eram poucos – sentiu pena. O corpinho de Francisco António, seu primeiro filho varão, padecia sobre a cama. Era tão leve o cadáver, apenas 6 aninhos, nem chegava a afundar o lençol.

João, o pai, chorou ao contrário. Chorou para dentro. Com soluços, engasgos e falta de ar. Morreu aquele que deveria ser o futuro rei!

Pedro, o irmão mais novo, assistia aos próprios pais enlouquecendo.

Não tinha nem 3 anos.

Nem imaginava que aquilo o deixava na linha de frente.

O OLHAR DE JORDÃO

Pedro desviou os olhos para o tesoureiro.

Lembrou da conversa que tiveram na estrada dias antes. Sobre os cinco milhões de pessoas!

Jordão era tão mais velho. Tão mais sábio! Mesmo assim, não tinha todas as respostas.

Ninguém tem.

No fundo, decidir é menos sobre ter certeza e mais sobre ter coragem.

ACONTECEU UM ANO ANTES

– Jordão foi embora?

– Sim, filho, Jordão foi embora – respondeu Dom João, as mãozinhas gordas ainda tremendo, escondidas debaixo da mesa.

– E o senhor vai embora também, meu pai?

– Sim, filho, eu me vou.

Uma partida para a Europa, naqueles tempos, muitas vezes era um "adeus para sempre". Caso voltassem a se ver algum dia, já não seriam mais as mesmas pessoas.

– Está indo salvar Portugal, não é?

– Não se preocupe com nada disso. Você terá seus próprios problemas por aqui.

Curvou-se na direção do filho.

– Pedro, o Brasil brevemente se separará de Portugal. Quando isso acontecer, coloque a coroa em sua cabeça antes que algum aventureiro faça isso. Você promete?

"Você promete?"

O OLHAR DE BRITO

Pedro olhou para Brito. Garoto novo, com medo de tudo.

Mas, mesmo com medo de tudo, estava lá. Do seu jeitinho, acompanhando a comitiva.

No fim, talvez a grandeza das pessoas seja medida pela capacidade de colocar as fraquezas em cima dos ombros e continuar caminhando.

ACONTECEU QUATRO MESES ANTES

– Juntos? Ou um por vez?

Os membros do júri paulista não sabiam o que responder.

– Um por vez?

– Um por vez vai tornar o processo muito demorado.

– Então, juntos.

Foram juntos. Penduraram os 12 homens pelos 12 pescoços e, depois da leitura da sentença, fizeram o enforcamento coletivo.

Houve um deles, talvez por ser mais leve, que catarrava sem morrer. Foi preciso que um membro da jurisdição fosse até lá e o puxasse pelos pés para resolver o assunto.

Um cidadão passou e, desinformado de tudo, perguntou:

– O que fizeram esses homens?

– Pediram aumento. Queriam ganhar o mesmo salário que os colegas portugueses.

O OLHAR DE CHALAÇA

Normalmente, se os olhos de Chalaça não estavam bêbados, estavam fechados.

Mas, naquele momento, pareciam querer dizer alguma coisa para Pedro.

Diziam, simplesmente, "eu estou aqui".

Fosse o que fosse, desse o que desse.

É o que os amigos fazem.

ACONTECEU POUCOS DIAS ANTES

– Leopoldina, a população de São Paulo está revoltada. Não tiro a razão deles, os rapazes enforcados só tinham pedido o que era justo.

– Então vá, Pedro. Vá para São Paulo, converse com quem tiver que conversar. Resolva o que tiver que resolver.

– Volto em um mês, nem isso. Não fique preocupada, tudo bem? *O que de extraordinário poderia acontecer em uma viagem dessas?*

O OLHAR DE GAMA LOBO

De todos os companheiros de viagem, o coronel era, sem dúvida, o mais forte e o mais preparado.

Olhava para Pedro com tranquilidade.

Era quase a inspiração viva do verso *"verás que um filho teu não foge à luta"*.

ACONTECEU... EM SETE DE SETEMBRO DE 1822

– Padre Belchior... Eles pediram, eles terão. Os deputados das Cortes me perseguem, me chamam de "rapazinho". Pois verão agora quanto vale o rapazinho aqui!

Montou a mula e, sem explicar nada a ninguém, seguiu até os dragões da guarda. Os soldados, vendo o príncipe se aproximar, fizeram um semicírculo ao seu redor.

– Homens, segurem os laços azuis e brancos do uniforme!

Era o símbolo do poder de Portugal.

– Agora, ARRANQUEM FORA!

A maioria demorou para acreditar. Mas, pouco a pouco, foi aceitando.

– De hoje em diante, nada mais quero com o governo português! Proclamo o Brasil, para sempre, um país independente! A partir de hoje, as nossas relações estão quebradas!

A guarda começava a gritar, a gargalhar, a aplaudir, ou tudo isso.

– Pela minha honra, meu Deus, eu juro dar ao Brasil a liberdade! Que nossa palavra de ordem seja, a partir de hoje: "Independência ou morte"!

Pedro esticou a espada para cima e a chacoalhou. Não sabia exatamente o que estava fazendo, mas fazia com vontade. Era tão empolgante que os outros imitaram.

– Viva o Brasil livre, amigos! VIVA O BRASIL INDEPEN-DENTE!

Os cavalos e as mulas acompanharam o alvoroço.

A verdade é que, com tanto escarcéu, mal dava para ouvir Pedro falando. Mas... dava para ver.

Dava para ver, claramente.

Estava, ali, um rei.

PEDRO AMÉRICO, O PINTOR

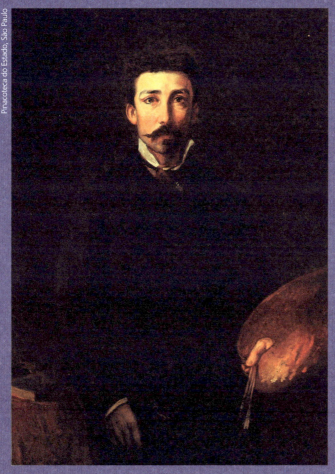

Pinacoteca do Estado, São Paulo

Pedro Américo de Figueiredo e Mello (1843-1905). *Autorretrato*, 1893. Óleo sobre tela, 125 cm × 86 cm.

Um estranho caso de pessoa que nasceu antes do próprio local de nascimento.

Em 1843, o município de Areia, na Paraíba, ainda era considerado um brejo. Só viraria cidade quando Pedro Américo já tivesse completado 3 anos.

Daniel tentou ensinar o filho a tocar violino, mas o pirralho preferia mesmo ficar desenhando.

O pior? *Os desenhos eram bons!*

Tão bons que, quando o menino tinha 9 anos, bateram a sua porta.

– Quem é?

– Sou Louis Jacques Brunet. Naturalista da cidade de Moulins, na França. Esta é minha expedição – mostrou os companheiros de viagem. – Viemos falar com Pedro Américo, seu filho.

O grupo de pesquisadores arranjou tinta e papéis, e pediu ao menino que desenhasse os objetos da casa.

– Este copo. Pode desenhar este copo?

– Estas bromélias! Já tentou as bromélias?

– E este minúsculo pé de mesa?

– Desenhe! Desenhe o que você vê!

Ficaram impressionados. Firmaram um acordo com os pais.

Pedro Américo saiu de casa com a malinha de viagem. Foi contratado para viajar com aqueles homens por 20 meses pelo fundo do nordeste brasileiro.

Sem haver completado 10 anos de idade, era o desenhista oficial da expedição.

***

Décadas depois, Américo foi contratado pelo conselheiro do Império, Joaquim Inácio Ramalho, que seguia ordens do próprio imperador Dom Pedro II.

O trabalho era fazer uma pintura que mostrasse quando o pai dele, no início daquele século, havia – por assim dizer – fundado o país.

Foram dois anos de pesquisa! Analisou fardas e outros objetos históricos. Estudou dezenas de retratos. Leu cartas antigas e todos os documentos que podia. Conversou com quem ainda estivesse vivo e pudesse contar o que viu.

Inclusive o velho coronel Gama Lobo!

Em 1888, finalmente terminou.

Mais de 30 metros quadrados de tinta.

Ali, no cantinho, sem que ninguém soubesse, misturado na multidão, deixou o autorretrato. Pintou a si próprio, disfarçado no meio dos soldados imperiais.

No centro do quadro, sete homens.

E, em cada um deles, uma história para contar.

Três verdades
e uma mentirinha!

Será que você consegue descobrir o que é real e o que foi criação literária na história desses sete homens da Independência? Uma ficção escondida no meio de três verdades históricas. Tente descobrir qual é qual!

CAPÍTULOS 1 e 2

○ Paulo foi escolhido por José Bonifácio e Leopoldina para entregar as cartas mais importantes da independência!

○ Uns 200 anos depois, as árvores que Paulo viu durante seu trajeto estariam mortas no fundo de uma represa.

○ O major Antônio Cordeiro rezou pelo seu filho na igreja abandonada de Aparecida.

○ Paulo acabou condecorado como primeiro carteiro do Brasil!

E A FICÇÃO É...

Não existe nenhum registro histórico de que o major Antônio Cordeiro tenha perdido um filho para a febre amarela. Mas, vou lhe contar, bem que podia ter sido verdade. Era simplesmente uma das doenças mais perigosas DO MUNDO! Ainda bem que um grande médico e cientista chamado Oswaldo Cruz descobriu como resolver. E adivinha? Ele era brasileiro! Alternativa c.

CAPÍTULO 3

○ Chalaça fugiu do seminário, foi confundido com um espião e escapou para o Brasil.

○ Chalaça e Pedro eram realmente melhores amigos!

○ Chalaça foi um dos autores da primeira Constituição do Brasil.

○ No finalzinho da vida, Chalaça conseguiu abrir sua barbearia.

E A FICÇÃO É...

Chalaça nunca abriu uma barbearia. Foi tenente, capitão e coronel comandante. Terminou a vida cheio da grana. Como ele bem disse no leito de morte: "Padre José, eu amei demais as mulheres e o dinheiro...". Dividiu a herança entre todos os filhos que teve, inclusive os que não eram reconhecidos pela lei. Alternativa d.

CAPÍTULO 4

◯ Coronel Gama Lobo era realmente da Junta Governativa, representante "das Armas".

◯ Gama Lobo votou para que o soldado português fosse mandado de volta para casa.

◯ A freira Joana de Jesus foi assassinada, mas conseguiu salvar as irmãs do convento.

◯ Anos depois, bem velhinho, o coronel foi entrevistado pelo próprio Pedro Américo quando o quadro foi pintado.

E A FICÇÃO É...

Depois que a Guerra da Independência acabou, a Junta Normativa foi extinta. Então, aquele julgamento é ficção. *Maaas* as batalhas que o coronel mencionou no capítulo são todas reais! Aliás, foi ele quem juntou os soldados para a declaração da Independência, sabia? Olha esse depoimento dele num documento histórico: "Percebemos que o guarda que estava de vigia vinha apressadamente em nossa direção [...], compreendi o que aquilo queria dizer. Imediatamente mandei formar a guarda para receber D. Pedro". Alternativa b.

CAPÍTULO 5

○ O pai do brigadeiro Manuel Rodrigues Jordão possuía minas de ouro.

○ A cidade de Campos do Jordão tem esse nome por causa dele.

○ Quando Dom João foi embora para Portugal, levou grande parte do ouro brasileiro.

○ O Banco do Brasil existia desde 1808.

E A FICÇÃO É...

Não, nosso querido Jordão não deu a sorte de ter um pai minerador ou, pelo menos, não há nenhum registro disso. Mas muita gente fez fortuna com as minas de ouro! Só em Minas Gerais, do século XVII até o fim do século XVIII, foram 128 *toneladas* de ouro. Não é de se admirar que o ouro tenha eventualmente acabado. Alternativa a.

CAPÍTULO 6

○ O príncipe realmente se atirou na água com um cavalo.

○ Luís de Saldanha de Brito quase morreu afogado em Jacareí.

○ As cores de nossa bandeira vêm da casa de Bragança e do império da Áustria.

○ A princesa Leopoldina também era uma caçadora.

E A FICÇÃO É...

Calma! Luís passa bem. Aliás, passa ótimo. No meio da viagem ele foi condecorado, pelo príncipe, Visconde de Taubaté (é como ser o *vice-conde*, pegou?). E terminou trabalhando para Leopoldina, ajudando a organizar a bagunça que era aquele palácio cheio de crianças. Uma delas era o Pedrinho, o segundo imperador do Brasil que, entre outras coisas, ajudou Graham Bell a inventar o telefone. Esse mundo é muito pequeno, né? Alternativa b.

CAPÍTULO 7

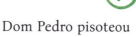

◯ Padre Belchior salvou as cartas que Dom Pedro pisoteou de tanta raiva.

◯ Não era para Pedro ser o rei, isso só aconteceu porque ele perdeu um irmão.

◯ Dom Pedro nunca reencontrou seu pai depois que Dom João foi embora.

◯ A guarda do príncipe usava cavalos (mais rápidos) e mulas (mais fortes).

E A FICÇÃO É...

Quebramos a regra! Nessa daqui é tudo verdade. Sim, se não fosse o padre Belchior, nós nunca saberíamos como foi que as Cortes Portuguesas mandaram o príncipe voltar para casa. Sim, ele perdeu seu irmão mais velho, o Francisquinho. Sim, a despedida dele com o pai acabou sendo para sempre, pois quando voltou para Portugal, Dom João já havia morrido. E *siiim*, era normal andar de mula nessas viagens longas, porque elas aguentam melhor o tranco. Sim, uma pegadinha para você. A vida tem dessas coisas!

A GUERRA DA INDEPENDÊNCIA!

PERNAMBUCO

Aqui o negócio foi bravo! Foi a primeira província brasileira a se separar do Reino de Portugal. Começou com a Convenção de Beberibe, uma legião armada que lutou contra os soldados estrangeiros. No final, o governador português Luís do Rego Barreto foi deposto e fugiu de volta para a Europa.

PIAUÍ

A Batalha do Campo Maior foi emocionante. O povo se juntou e lutou com o que tinha à mão para bater. Perderam a luta, é verdade. Mas conseguiram enfraquecer o exército português, que não tinha como conquistar mais nadinha de nada depois daquilo. Fidié, o major inimigo, saiu corrido para o Maranhão...

MARANHÃO

Lorde Cochrane jogava sujo. Capturou alguns militares portugueses como reféns até retomar o controle da cidade. Mas sua esquadra não foi o suficiente para vencer. O que fez a diferença? Gente que apareceu de outros lugares para ajudar, como do Ceará. O resultado? Fidié, que já estava fraco, acabou preso.

Clker-Free-Vector-Images/Pixabay

PARÁ
Foi a última província a aderir à independência. Por lá, as tropas portuguesas reagiram com bastante violência. Certa vez, cinco soldados foram escolhidos "na sorte" e executados em praça pública só para "acalmar os ânimos". Mas os rebeldes continuaram em frente!

BAHIA
Há quem diga que, na prática, a independência se decidiu aqui. Portugal mandou tropas de milhares de soldados e o governo brasileiro mandou navios. Para apoiar, voluntários da população formaram os batalhões patrióticos. Muita gente morreu. Entre os casos mais tristes, Joana Angélica de Jesus, a freira que foi assassinada defendendo o Convento da Lapa.

RIO DE JANEIRO
Era onde ficava a sede do governo. Então, é daqui que saíam as ordens! Algumas delas irritaram bastante Portugal. Por exemplo, a lei do "Cumpra-se", que dizia que as medidas aprovadas por lá só valeriam aqui no Brasil se Dom Pedro concordasse. A coisa esquentou tanto que, um dia, mandaram uma carta exigindo que o príncipe abandonasse o posto. Bem, aí... Você já sabe.

SÃO PAULO
É onde estava o príncipe quando recebeu as cartas. Ninguém tem certeza absoluta do que ele gritou para a guarda quando decidiu proclamar a Independência. No entanto, é bem improvável que realmente tenha dito a frase "Independência ou morte!". Mas importa? O fato é que o rapaz estava bravo. E, dali para a frente, nada foi capaz de parar Dom Pedro até que o Brasil deixasse de ser uma colônia e se tornasse, finalmente, um país.

FORA DO BRASIL?!
Quando começaram as batalhas, um exército luso-brasileiro ocupava a Cisplatina, no Uruguai. Então, ele se dividiu. Os regimentos formados pelos portugueses fugiram para Montevidéu. Os ex-companheiros foram atrás e cercaram o grupo. Foi ali que acabou a última resistência portuguesa na América!

Gustavo
Penna

Comecei a carreira de escritor aos 12 anos, vendendo redações escolares para os colegas de sala em troca de dinheiro para comprar salgadinhos na cantina. Hoje, acho isso errado.

Tive excelentes professores (a Rita, a Patrícia, o Rogério, o Francisco...) até virar repórter *freelancer* da *Folha de S.Paulo* e roteirista da empresa State of the Art Presentations – Soap, escrevendo para pessoas como Otávio Mesquita, Adriane Galisteu, Roberto Justus, Tiago Abravanel e Luciano Huck.

Sou autor da biografia oficial de Magno Alves, um dos maiores artilheiros da história do futebol, e fui vencedor do Concurso de Literatura de São Bernardo do Campo. Também fui um dos pré-selecionados pela ABC Discovers – Talent Showcase, concurso internacional de roteiros da Walt Disney Television.

Produzi textos para várias empresas, entre as quais HBO, Nespresso, Porsche e Google, e dei aulas de roteiro em companhias como Itaú, Renault, Avon, Johnson & Johnson, Senac e FGV, até chegar 2019, quando ganhei o Prêmio Literário 200 anos de Independência, do Ministério da Cultura, com o livro *Os sete da independência*, agora finalmente publicado pela Editora do Brasil.

Augusto
Zambonato

Sou um ilustrador de Santa Maria, no Rio Grande do Sul. Sempre gostei muito de ouvir e conhecer histórias e, com a ilustração, descobri uma forma de criar imagens que ajudam a contá-las.

Ilustrar este livro foi um desafio, mas um desafio prazeroso e divertido. Um desafio, pois, além de criar imagens que contribuíssem com a narrativa textual, tínhamos a preocupação de manter identificáveis personagens tão importantes da história do país. Divertido, pois com as ilustrações tive liberdade para imaginar como estes personagens, que conhecemos tradicionalmente pelos relatos em livros de História e em pinturas, viviam e agiam do outro lado dessas pinturas.

A técnica de colagem utilizada nas ilustrações representa bem esse processo de partir de elementos conhecidos para imaginar contextos e situações novas. Todas as ilustrações do livro nasceram da combinação de partes de pinturas e retratos dos personagens com elementos imaginados e desenhados à mão para construir um universo imagético próprio do livro.

Este livro foi composto com a família tipográfica
Alda OT para a Editora do Brasil em 2021.